語り遺す戦場のリアル

JN155629

共同通信
「戦争証言」
取材班 編

表紙写真＝真珠湾攻撃に向かう戦闘機を戦艦上で見送る兵士たち（一九四一年一二月七日、米国立公文書館蔵）

岩波ブックレット No. 954

はじめに

二〇一四年夏。政府は、先の大戦を教訓にこの国が堅持してきた「戦争放棄」と「不戦の誓い」を揺るがす重大な閣議決定をした。従来の憲法解釈を変更し、集団的自衛権の行使を容認する内容。日本が攻撃を受けていなくても「存立」が脅かされるといった要件が満たされれば、武力行使が可能になることを意味する。国民の間でも是非を巡り活発な議論が交わされた。「攻撃を加えようとする国への抑止力になる」。こんな賛成意見の一方で、「再び戦争ができる国になる」と危機感を募らせる人も多かった。

「来年迎える戦後七〇年の節目に報道機関として何ができるだろうか」。私たち共同通信社会部の仲間が考え始めたのは、そんな時期のことだった。「五〇年」「六〇年」ではなく「七〇年」でなければできないことは何か。そもそも「戦争の実相」とはどんなものか――。あれこれと話をした末に考えついたのが、戦争を生き抜いた人たちの体験を聞き取り、記事として伝える取り組みだった。

記憶に基づく「ファクト」を可能な限り詳細に記録する。「反戦」「護憲」といった主義や主張はあえて交えない。もちろん「戦争賛美」でもない。戦争が国民の暮らしに何をもたらすのかを学び、読者と一緒に考えたい。当時の体験を記憶として持っている人となると、どんなに若くても八〇歳近い。「戦後八〇年」の節目には、もう話を聞くことはかなわない――。そんな思いで取材をスタートさせた。

本書に登場するのは取材当時七六歳から一〇六歳までの六七人。その一人一人の「戦場」体験は強烈だ。

中国の戦線に従事した当時一九歳の男性は、頭上を銃弾が飛び交う戦闘に疲れ、夜は風に揺れる葉の音にも震え上がったと話す。フィリピンやガダルカナル島の生還者はヘビやカエルを食べて命をつなぎ、食料を奪おうと仲間を射殺する光景も見たと明かした。

一方、国内にいた人々も空襲や原爆で街が赤く燃え、真っ黒な遺体が焼け跡に転がる光景を昨日のことのように語った。家族にも言えずに偽札作りや毒ガス作りをさせられた人。学徒動員で、米国本土まで飛ばす「風船爆弾」や銃弾を入れる袋作りに携わった女学生もいる。これらの証言は、戦争があらゆる人の人生をゆがめ、生活に影を落とした事実を浮き彫りにしている。自由を奪われ、命の危機にさらされ、愛する人との別れを強いられる。これが戦争なのだと語り、「絶対に繰り返すな」と訴える言葉が胸に突き刺さった。

取材は二〇〜三〇代を中心に五〇人の記者が担当した。父や母、祖父母をあえて取材対象とし、戦時下での厳しい暮らしぶりを初めて直《じか》に聞き「自分がこの世に存在している意味」をあらためて考えた人もいる。「戦争を知らない世代」にとって今回の聞き取りは貴重な「学びの場」となった。記事は連載企画「語り残す　戦争の記憶」として二〇一四年一二月から一五年一二月まで一年にわたり配信され、地方紙などに掲載された。

二〇一四年の閣議決定を受け、国会では一五年に安全保障関連法が成立、一六年三月に施行された。この間、「戦争に行きたくない」とデモで訴える若者を「極端な利己主義」と切り捨てる政治家が現れ、インターネット上では戦争を肯定するかのような勇ましい書き込みも多く見られるようになった。今、「戦後」が激しく揺れている。

こんな時代にこそ、先人の苦い教訓をしっかりと記憶にとどめ、次世代に語り残さなければならないのではないか。暗い時代に二度と戻ることがないよう権力者の暴走を監視する。そして、今後もずっと「戦後」でいられるようにする責任を私たちは担っている。取材を通じて、そんな思いを強くした。本書を読んでいただいた皆さんに少しでも伝わればと願っている。

取材班を代表して　阿部拓朗

事項解説

第Ⅰ部　海外の戦場で

1 中国——「侵略」の現実

負け戦の野戦病院

——衛生兵として中国を転戦した本郷《ほんごう》勝夫《かつお》さん

(一九二三年八月三〇日生。宮城県仙台市)

やせこけて、干し柿のように顔がしわしわになった兵が、細い手を差し出してくる。「水をくれぇ、くれぇ」って。コレラで、脂肪と水分が下って、牛乳みたいな便が三〇分ごとに出続けるが、薬はない。「伝染するから、触るな」と命令されていたから、水さえ与えなかった。戦争だから、残酷なんて思わなかった。

一九四三年一一月に赤紙(召集令状)が来て、その後、中国で大陸打通作戦の行軍に加わった。野戦病院部隊の衛生兵だったが、消毒や機材もないから何もできない。軍医もぼーっとしていた。負け戦の野戦病院なんて、そんなもん。負傷兵が来ても受け取るだけだった。

一九四四年の七月か八月の夜中。担架で運ばれた素っ裸の兵に見覚えがあった。小学六年まで机を並べた同級生。「あんた富雄君でねぇか?」。名前を呼ぶと「三日間何も食ってない」と言った。骨と皮ばかしの栄養失調。

私はコメを炊く役だったから、管理していたコメを六本のろうそくで炊いて食わせたの。彼はその後、餓死した。当時は負傷より、腹を減らして死ぬ人がほとんど。私は乙種の兵で、彼は甲種。体格は良かったのに。

ある日、軍が前進する際には連れて行けないと、コレラにかかった兵を家屋にまとめて閉じ込め、火を放った。終戦後、復員した仲間で集まっても、誰も口にしなかった。その兵隊にも家族がいる。日本人が日本人を殺す。やはり良心の呵責《かしゃく》があるから言えないんだ。年月がたちほかの仲間は死んでいった。生き残った私が戦争のむごさを語らないと駄目だ。

戦場ではひどいことをしないと生きていけなかった。民家でコメや塩をかっぱらった。荷物を担がせるために若い男性を徴発した。私は人を殺してないが、間接的にはやった。何も食わせないで弱って荷物を担げなくなった中国人はそのまま捨てた。窃盗、強盗、拉致……。今の日本だったら、前科一三犯くらいだな。（記者・西藤義明）

【大陸打通作戦】　日中戦争中に日本陸軍が行った大規模な作戦。日本への空襲を防ぐために航空基地を破壊したり、南方資源地帯からの輸送路を確保したりする目的で一九四四年四月に開始され、中国大陸を縦断する過酷な行軍となった。

カボチャの花に母思った

――中国・福州に従軍し前線に立った井《い》口《ぐち》正直《まさなお》さん

（一九二五年一〇月二五日生。高知県佐川町）

高知県の「独立歩兵第四一二大隊」の一員として一九四四年一二月末、中国福建省の福州に入った。当時一九歳。現地で約三カ月間の初年兵教育を受け、前線に配置された。

初めて敵と向き合ったのは翌年四月。ダダダダ……。田んぼに泥だらけではいつくばった頭の上を銃弾が飛び交い稲穂がぱらぱらと散った。ただただ恐ろしかった。こちらは三八式歩兵銃なのに、中国軍は米国製の自動小銃。装備の違いにびっくりした。

前線の夜警は深さ一メートルくらいの壕の中に立つ。暗闇の中、頭上を迫撃砲がシュルシュルと音を立てて飛んでいく。松の枝が風で揺れる音にも「敵じゃないか」とびくびくし、睾丸が縮み上がるほどの緊張感だった。

敵陣は、こちらが手を振ればあちらも手を振り返すくらいの距離。軍刀の先に鉄帽をかぶせて壕の中から出すと、「パン」と銃弾が飛んできて鉄帽に穴が開いたこともあった。絶対に油断はできなかった。

五月に入り、突然の撤収命令で福州を出発した。戦況が悪くなっていたのだと思う。その後、約一二〇〇キロを約二カ月かけて行軍した。

途中、浙江《せっこう》省の天台山という山の麓に到着した。既に日本軍が制圧していた場所で、敵の攻撃はないだろうと安心していた。ところが木陰で昼飯を食べていると突然、川を挟んだ丘の上から一斉射撃を受けた。応戦したが敵の攻撃が激しく、「井口、遅れるな」と叫ぶ分隊長の後ろについて必死で逃げた。

背後からの機銃掃射にたまらず伏せると、そこは畑。カボチャの黄色い花が咲いていて、その匂いに田舎の母親のことを思った。「これで最期じゃな」と覚悟した。

何とか逃げ切ることができたが、分隊長は撃たれて死んだ。銃撃で肩がえぐれていた。帰国後、自分が遺骨を奥さんの元に届けた。遺品の財布に一〇円札が何枚か入っていたのを覚えている。（記者・伊藤哲平）

【独立歩兵大隊】　歩兵は兵科の一つで、戦場を徒歩で動く兵士のことを指す。大隊は軍隊の編成単位の一種。通常は複数の大隊で一つの連隊を構成するが、連隊の下に入らずに直接上級部隊の指揮を受ける大隊を独立大隊という。

慰安婦の痛み感じ

——慰安所があった中国内陸の駐屯地に配属されていた荒井《あらい》明由《あきよし》さん

（一九二二年一〇月七日生。鳥取県大山町）

一九四三年九月に中央大学専門部を半年繰り上げて卒業し、約二カ月後、揚子江をさかのぼった中国内陸部の鴉鵲嶺《あじゃくれい》という駐屯地に派遣された。そこは最前線へ物資を運ぶ輸送部隊の拠点だったが、そんな場所にも慰安所があった。

慰安所は三カ所あり、時計店や写真屋、酒の倉庫なんかにはさまれて並んでいた。民間の業者が運営し、軍が保護していた部屋にはベッドが置かれ、仕切りや床に裂いた竹を編んだ「アンペラ」と呼んでいたむしろを使っていた。

体が弱く、中隊事務室の書記だった私は初年兵で、休日も兵舎から外出が認められなかったが、慰安所の前には三年兵などの古兵が列をつくっていた。

前線に出る若い兵士たちが地元の農家の女性を乱暴しないようにということだったが、慰安所の女性たちがどこから来たのかは分からない。彼女らのことを思うと心が痛んだ。

一九四五年三月に岳州へ転属するため三〇キロ余りを行軍した際は、小休止で護衛役の歩兵三人が夜営を抜け出した。戻ると、農家からコメや豚などを盗み、女性を襲ったことを自慢げに話していて、こんなことでは中国で治安は保てないと思った。

岳州に近い冷水舗《れいすいほ》という場所では、塩と交換し、中国人からまきを調達する任務を与えられた。私は優しく接していたので、兵舎に近い農家の玉香《リューシャン》という一一歳の女の子と仲良くなり、妹のようにかわいがった。私はたばこを吸わなかったから、軍の支給品を家族にと持たせてあげると、お礼に布靴を縫ってくれた。履き心地が良く愛用していた。

ある日、家へ遊びに行って、涼み台の上に座って農作業を見ていたら、おかっぱの玉香が横に寝そべって、私の膝の上に頭を乗せてきたこともあった。村長にも強い酒や料理を振る舞われた。約二カ月間だったが、中国人と親しむことができた貴重な日々だった。（記者・日向一宇）

【慰安所】　中国へ進出した日本軍の駐屯地などで、女性への性的暴行を防ぐなどの目的で設けられたとされる。一九九三年の河野洋平官房長官談話は軍の関与を認めたが、慰安婦募集の強制性には根拠がないとして見直しを求める意見もある。

「死ぬ前にかば焼きを」

——救護看護婦として中国で傷病兵の手当てに当たった高橋妙子《たかはしたえこ》さん

（一九二〇年七月一三日生。岐阜県岐阜市）

岐阜県関町（現関市）の高等女学校を一九三七年三月に卒業後、日本赤十字社に入った。当時の日赤社

長は貴族院議長などを歴任した徳川家達《いえさと》。採用面接で「海外に行く気はないか」と聞かれ、「行ってもいいです」と答え、京城（現ソウル）の救護看護婦養成所で三年間勉強した。

一九四一年九月に、満州国錦州《きんしゅう》省にあった錦州陸軍病院に配属された。満州といえば「赤い夕日」が有名だが、ある日、錦州神社へお参りに行った帰り、何げなく振り向いたら、巨大な青白い月が地平線から昇ってくるのが目に入った。あのときの何とも言えない恐怖感を今も時折思い出す。

旧姓が須田だったので、兵隊さんからは須田妙子を縮めて「ダコちゃん」と呼ばれていた。当時の満州はのどかで静かだった。元気になって退院した兵隊たちから「ダコちゃん看護婦様」と書かれたお礼の手紙をよくもらった。

三年の満期で除隊し、家業の手伝いをしていたが、三カ月足らずで再び赤紙（召集令状）が来た。米軍の潜水艦が日本の連絡船を標的にしていたので、「大陸へ渡る船が沈没したらどうしよう。嫌だな」と思ったが、「同僚の看護婦には乳飲み子を置いて行った人もいるんだ」と思い直した。

京城、青島を経て北京第三陸軍病院に配属され、結核患者専門の第三内科で婦長として働いた。毎日一人のペースで入院中の兵隊が死んでいき、病棟の壁際には、火葬された骨つぼがずらりと並んだ。

ある日、二二〜二三歳くらいの若い兵隊が「死ぬ前にかば焼きが食べたい」と言うので、近くの湖で釣った魚を焼いてあげた。すると「もうのどを通りません。においだけで十分です。ありがとう」と言って、翌日亡くなった。病気で寝ている兵は耐えて苦しんでいるのに、大本営の人たちは前線の苦労を全く知らない。戦争の指導に当たった彼らを本当に恨んだ。（記者・沢井俊光）

【救護看護婦】 日本赤十字社は一八九〇年から戦争傷病者救護を目的に看護婦養成を始め、日清戦争で初めて陸海軍の病院に看護婦を派遣。一九三一年の満州事変以降、アジア太平洋戦争終結まで延べ三万人以上が戦地に送られ戦死者も一〇〇〇人を超えた。

中国人がくれたカブの種

――従軍看護婦として中国に二度派遣された戸田《とだ》ノブさん

（一九一九年二月二六日生。神奈川県南足柄市）

中国の陸軍病院では夜になると「患者収容！」と号令が掛かる。私たち従軍看護婦は担架を持って出ていき、搬送されてくる負傷兵を病院内へ運んでいく。腕をなくした人、銃弾が貫通している人。血だらけの兵隊さんが「水をくれ」とうめき、飲ませると胸の傷口から噴き出す。私はうんと臆病だったけど、必死だったからすぐに慣れた。

　実家は福島県いわき市の農家。ナイチンゲールにあこがれ看護婦の道を選んだ。日中戦争中の一九四一年四月、二二歳の時に従軍看護婦として中国山西省の病院に配属された。任期は二年。途中で太平洋戦争が始まった。

　重傷の若い将校は消灯になると「子守歌を歌って」とせがんだ。将校と言ってもまだ一〇代。やがて亡くなり火葬した。遺骨が増えると、まとめて日本に送った。兵隊さんは「いつ死ぬか分からないから」と給料を使い果たしている人が多くて、私たちが替えの下着を買ってあげたりしていた。

　二回目の派遣は一九四四年七月から。山東省の病院で空襲にも遭った。戦況は苦しく、一九四五年三月には遺言状を書かされ、爪と髪の毛を入れた。八月一五日、講堂に集められ敗戦を告げられた。その日は夕食を食べない患者さんが多かった。

　雑役で雇っていた中国人は解散したけど、私が普段「中国の大きな赤いカブで作った漬け物が好き」と言っていたから、カブの種をたくさん持って来てくれた。日本でも食べられるようにって。戦争は国と国との争いだけど一般人は違うのね。

　復員が始まったのは一二月。患者さんを列車に乗せ少しずつ進む。強盗が出るから看護婦も軍服を着て、お嫁入りのために伸ばした髪は泣く泣く切った。食べ物にも困ったわね。一九四六年四月、病院船で日本へ。脊髄損傷で動けなかった元飛行兵が回復し、その後、夫となった。でも結婚しても食料は足りな

いし、しゅうとめにいびられるし……。戦後もつらかったわ。（記者・錦織信子）

【陸海軍従軍看護婦】日本赤十字社が養成した救護看護婦とは別に、一般の看護婦から陸海軍に直接雇用され戦地で傷病兵の看護に当たった。需要が増えたため、陸軍はアジア太平洋戦争末期の一九四四年、独自に看護婦の養成を始めた。

名誉と誇り、一転後悔に

——東京から満州開拓団に参加した飯白栄助《いいじろえいすけ》さん

（一九三三年一月二八日生。千葉県千葉市）

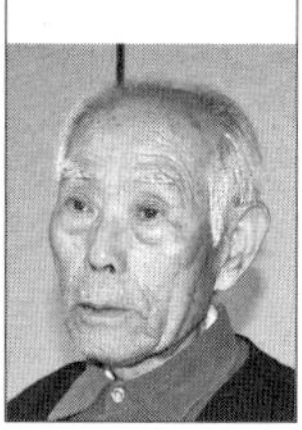

実家は東京都品川区の戸越《とごし》銀座にあった商店街の乾物屋。戦況の悪化で商売がうまくいかなくなり、近くの武蔵小山商店街を中心とする「第一三次興安東京荏原郷《えばらごう》開拓団」に誘われ一九四四年四月、一一歳で両親と姉と四人で満州に渡った。「日本の生命線」といわれた満州へ——。軍国少年だった私は名誉で誇らしく思った。

でも「五族協和」といいながら、現地の人をばかにして、中国人の店では文句を付けて値切っていた。普通の暮らしはできていたが、おやじはこの年の内に体を悪くして亡くなってしまった。

一九四五年八月、畑で農作業をしていると、上空にソ連軍の飛行機が見えた。近くの町が爆撃され、大人は大慌て。皆で一六日に逃げようとなった。無敵と信じていた関東軍の姿はどこにもなかった。

逃走中、麻畑に隠れたところを現地の住民や盗賊に襲われた。泣き叫ぶ声や銃撃の音がする中、負傷した友人を、助からないと思ったのか父親が殺そうとしているのを見た。「おやじが生きていたら俺もこうなるかも」と思った。ここで約三〇〇〇人が死んだが、青酸カリで自殺したり親に殺されたりした人が多かったのではないか。「敵に殺されるより、自ら死ぬ」という時代だった。

何度目かの襲撃の後、普段は怒らないおふくろがすごいけんまくで「おまえだけは逃げろ」と。それ以降会えていない。どういう気持ちで逃がしてくれたのだろうか。

そこら中に遺体が転がっていた。ある時、畑で寝て起きたら近くで人が死んでいたことも。ある女性は頭から血がゴボゴボと噴き出しており、顔を切られて口が二つあるかのようになっていた人もいた。近くにいたのになぜか私は無傷だった。

戦争が怖いのは遺体を見ても何とも思わなくなること。普通の人が鬼になる。満州侵攻は加害と同時に、残留孤児という被害も生んだ。誇りに思うなんて幼いながらひどいことを考えたと思う。（記者・草加裕亮）

【興安東京荏原郷開拓団】東京都品川区の武蔵小山商店街を中心につくられた開拓団。一九四三年以降、約一〇〇〇人が満州に渡っており、都内最大規模とされる。一九四五年八月九日にソ連が侵攻、逃走中に盗賊らの襲撃に遭い約六〇〇人が死亡した。

国は構ってくれなかった
——戦後、中国に残された栗原貞子《くりはらさだこ》さん

（一九二五年一二月三日生。東京都江東区）

一九四四年、一八歳の時に第二次満蒙開拓女子義勇隊の岡山県代表として満州に渡った。六人きょうだいの末っ子で、当時は父が亡くなり、母と二人で暮らしていた。母は反対したが、学校から勧められたし、姉が満州におり、行ってみたかった。

女子義勇隊は開拓団の男性の花嫁となることが目的だったが、それは知らされず「訓練が終われば帰っていい」と言われていた。出発時は大勢の人に万歳で見送られた。

訓練所は満州の勃利《ぼつり》にあった。半年ほどたち、訓練所の先生から「結婚が決まっていないのはあなた一人ですよ」と言われた。「結婚はしない」と言ったが許されず、開拓団の男性と結婚した。

一九四五年七月下旬、夫が兵隊に。私は妊娠四カ

月。八月に「ソ連が来て戦争になるかも」と言われたが、列車は人がいっぱいで乗れず、子どもやお年寄りと歩いて逃げた。途中で別れ別れになり、一人になった。

何とか中国人の農家に逃げ、四カ月ぐらい仕事をもらって過ごしたが、おなかが大きくなり別の男性との結婚を勧められた。私は中国語ができず、片言の日本語ができる中国人の夫と結婚。すぐに息子が生まれ、母乳が出ない中、夫はもらい乳をしてわが子のように大事に育ててくれた。優しい人だった。

日中の国交が正常化され、日本人が帰っていると聞いた。夫は「一緒に行く」と言ってくれたが、手続きの途中で亡くなってしまった。人の運命って分からない。

一九八〇年になって二人の娘と帰国した。国は身元引受人がいないと帰国を認めなかったので自費で。お金もなかったが、費用は近所の人たちがカンパしてくれた。その後、息子四人も自宅を売ったり、お金を借りたりして何とか帰ってきた。

国策で「行け行け」と送り出したのに、帰国の時は構ってくれない。「かわいそうだな」という気持ちがないのが、つらかった。（記者・徳永太郎）

【中国残留邦人】 国策で旧満州へ移住した開拓団の家族らのうち、一九四五年八月九日の旧ソ連の対日参戦による混乱で、保護者や家族と離別し中国に残された人々。成人男性の多くは日本軍に召集されており、女性や子どもが中心だった。

「日本鬼子」かばった先生

――終戦後取り残された中国で八年間過ごした星博人《ほしひろと》さん

（一九三七年一二月二〇日生。千葉県佐倉市）

終戦は一家で暮らしていた旧満州のハルビンで迎えた。父は満鉄病院の医者だった。日本兵たちは父に手りゅう弾を、母には青酸カリを渡し、「ソ連が攻めて来るから自決しろ」と言って街から撤退して

いった。

ソ連軍に支配されると、酔ったソ連兵が「時計よこせ」と金品を奪いに家に来て、生きた心地がしなかった。

隣の家の旦那さんは、妻を暴行しようとしたソ連兵に日本刀で切りかかり、撃ち殺されてしまった。ソ連軍に置き去りにされた民間人にとっては、これがお国のための殉死だった。戦争は悲惨で無情だと思い知らされた。

ハルビンには満州各地から日本人が逃げてきたが、疫病や栄養失調でバタバタと死んだ。小学二年の私も、避難所だった小学校の校庭の穴に遺体を運ぶのを手伝った。遺体が燃やされると、昼間の空が真っ黒になった。

中国の内戦で帰国もままならない一九四六年夏、父が中国共産党の軍医として「留用」されることになり、中ソ国境近くの炭鉱の町へ連れて行かれた。

町には日本人技術者が集められ、日本人学校も造られた。氷点下三〇度まで冷える冬に燃料のアシを刈りに川へ入ったり、春先に凍った便所の糞尿を削りだして畑にまいたりのつらい日々だった。

一九四八年夏に瀋陽へ引っ越すと、中国人と同じ小中学校に通った。「日本鬼子《リーベングイズ》」といじめられたよ。その言葉には、親族を殺された中国人の深い恨みがこもっていた。だが男の先生が教壇に立ち「星は軍人ではない。皆と同じ戦争の被害者だ」とかばってくれた。学校でのいじめはなくなり、中国人の友達もできた。ただ、好きな女の子から「日本人とは付き合えない」と言われ失恋もした。

満州生まれの私が初めて日本の地を踏んだのは、終戦から八年たった一五歳の時。舞鶴港に着いた時は、何とも言えない感動だった。悲惨な体験は夢に見るほどだったが、自分を強くしてくれた。（記者・柴田智也）

【留用日本人】　日中戦争後、中国に残る二万人以上の日本人技術者とその家族が、中国共産党と国民党の要請でとどまり、技術者は炭鉱や病院、軍隊で働かされた。一九五八年までに大半が帰国したが、中国滞在を理由に差別を受ける人もいた。

幼い弟や妹を守れなかった

――中国・満州で孤児となった橋本《はしもと》克巳《かつみ》さん

（一九三五年九月二七日生。愛知県名古屋市）

開拓団として一九四二年に、愛知県八名村（現新城市）から中国の満州にあった竜江《りゅうこう》省（現黒竜江省）へ一家で渡った。平穏だった生活は、一九四五年八月九日のソ連軍侵攻で一変した。

頼みにしていた日本の関東軍は助けてくれなかった。土塁で囲まれた開拓団本部も現地の盗賊団に襲われ、子どもだった私も銃を突き付けられた。抵抗した人が射殺されるのも見た。

各地の開拓団を転々とする中で、軍隊に行っていた父と再会した。チチハルの日本人収容所を目指すことになり、凍《い》てつく大地を歩き通して着いたのは翌年三月。収容所は不衛生で、チフスやコレラなどが流行していた。まず祖母と一歳年下の弟が亡くなり、七月には両親が亡くなった。

最後に残った四歳の弟と二歳の妹も病に倒れた。「独りぼっちになりたくない」と看病したが、できるのは目や鼻からはい出るうじを取ってあげることぐらい。亡くなったときは、悲しいはずなのに呆然とするばかりで涙も出てこなかった。

皮肉なことに、一人きりになってから引き揚げが始まった。同じ八名村の出身者に連れられて帰国。家族の遺髪と爪は故郷の墓地に埋めた。

子どもがいなかった母方の親戚に引き取られ大切に育てられたが、上級生から浮浪児とののしられることも。他の家族がだんらんしている光景を目にすると、ただただ寂しかった。

中国侵略を否定する人もいるが、他人の土地に土足で踏み込んだのは事実。死を目前にした弟や妹の姿を鮮明に覚えている。戦争は心に消せない傷を残している。

中学を卒業後、歯科医院を経て、天理教の教会で働いた。二四歳で結婚し、子どもにも恵まれた。四七歳で児童相談所に里親として登録し、これまで一〇人を引き取って育てた。いつの時代でも親に恵ま

れない子どもの気持ちは変わらない。寂しい気持ちは分かるからね。（記者・浜口史彦）

【戦争孤児】 空襲で親を失った戦災孤児、植民地などからの引き揚げ孤児、日本に引き揚げられず現地で養父母に育てられた残留孤児らを指す。一九四八年の旧厚生省の調査では、戦災孤児約二万八〇〇〇人、引き揚げ孤児は約一万一〇〇〇人とされた。

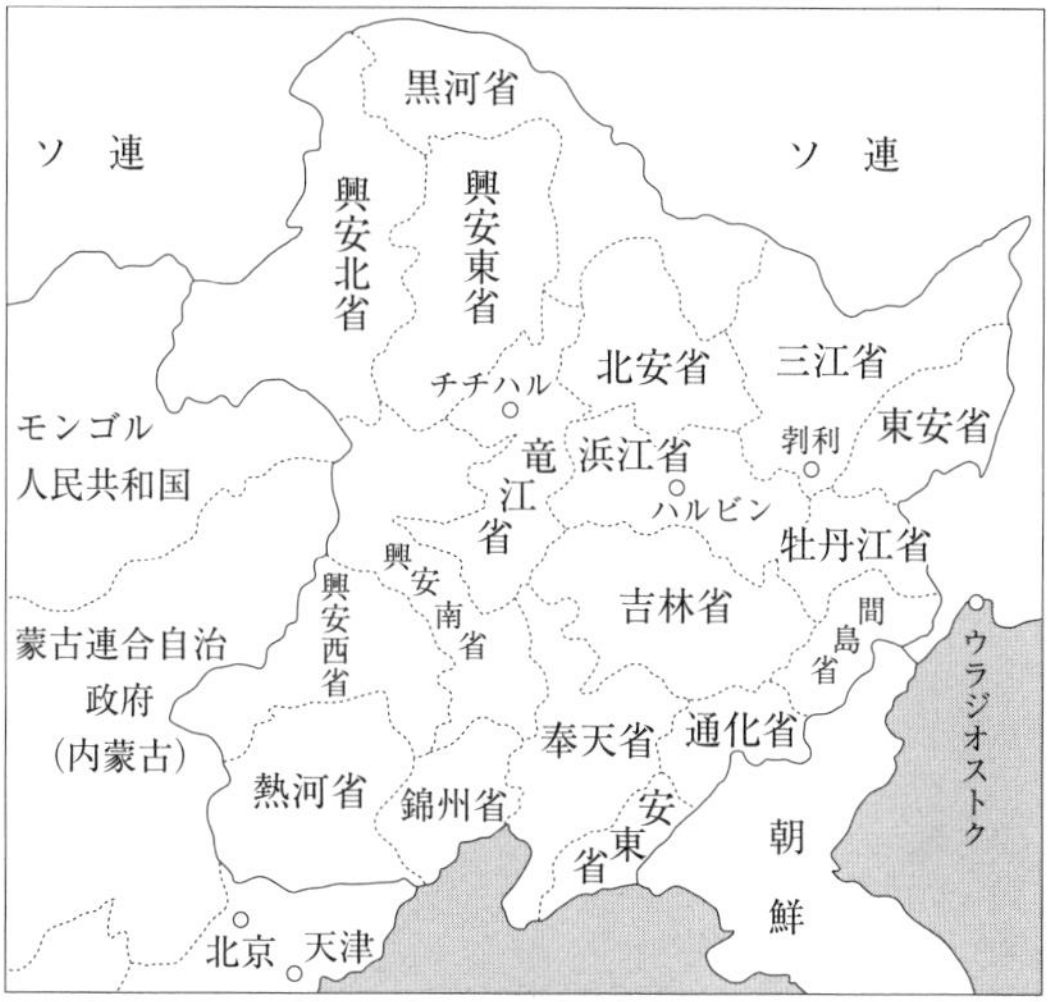

地図1　旧満州国

2　真珠湾攻撃から南方戦線へ——捨てられる命

悔しかった警戒任務
——真珠湾攻撃に参加した原田《はらだ》要《かなめ》さん
（一九一六年八月一一日生。長野県長野市）

零式艦上戦闘機（ゼロ戦）のパイロットとして、海軍の航空母艦「蒼龍《そうりゅう》」に配属された。択捉島の単冠《ひとかっぷ》湾に滞在していた一九四一年一一月下旬に、上司から「米国との交渉が駄目ならハワイを攻撃する」と真珠湾攻撃の計画を知らされて「いよいよ始まるな」と思った。

当時、蒼龍の下士官で戦闘経験があったのは私だけだった。だから当然、第一次攻撃隊で真っ先に飛んでいくものと思って安心していたら、作戦では艦隊の上空を守るところに私の名前が載っていた。納得がいかなくて攻撃参加を直訴したが、「天皇陛下の命令と思ってやってくれ」と言われた。

攻撃当日の朝（日本時間一九四一年一二月八日未明）、警戒のため先にわれわれが飛び立ち、攻撃隊の出発を上空から見送った。早朝の空に、全部で一八〇機ほどの戦闘機が爆音を立てながら飛んでいった。それは勇壮なものだった。

隊員はみな、どんな戦闘機が来てもゼロ戦は絶対負けないという自信にあふれていた。「これが男の死に場所だ」という覚悟で、落下傘を着けずに飛んでいった。着けると助かって捕虜になってしまう。それが一番嫌だった。

私の任務は三機で隊形をとり、母艦の三〇〇〇～四〇〇〇メートル上空で敵が来ないか警戒すること。真珠湾は三〇〇キロ以上先だから見えなかった。やがて第一次攻撃隊が戻ってきて「俺は巡洋艦を沈めた」「俺は飛行場を爆撃した」と、みんな鼻高々で話していた。戦果は莫大だった。出迎えた指導部も

「ご苦労、ご苦労。まあ一杯飲めや」と、お祭り騒ぎになった。

攻撃に加われなかった私は切なくて悔しくて……。でも、その後の第二次攻撃隊ではずいぶん犠牲が出た。蒼龍の隊員も撃墜された。私は大体二時間ずつ計二回警戒に飛んだけど、こちらまで飛んでくる敵はなかった。飛行記録には「各直敵ヲ見ズ」と書いた。（記者・伊藤哲平）

【真珠湾攻撃】　一九四一年一二月七日（日本時間八日）、当時の日本軍が米ハワイ・オアフ島の真珠湾にある米軍基地や艦隊を戦闘機などで攻撃、日米開戦の発端となった。米国人約二四〇〇人が死亡、日本側は六〇人余りが犠牲になったとされる。

味方に魚雷、痛恨の極み

――ミッドウェー海戦で沈没した空母の乗組員だった滝本邦慶《たきもとくによし》さん

（一九二一年一一月二三日生。大阪府大阪市）

太平洋戦争が始まる前の一九三九年、一七歳で海軍に入隊した。男は兵隊に行き、戦死して靖国神社に祭ってもらうのが最高の名誉だと思っていた。空母「飛龍《ひりゅう》」に乗り組み、艦上攻撃機の整備兵として厳しい訓練に耐えた。いじめもあった。

真珠湾攻撃への参加を経て一九四二年五月、ミッドウェー海戦へと向かった。六月五日未明、飛龍を含む四隻の空母から友軍機が一斉に飛び立った。勝ち戦を信じて鼻歌交じりだったのに、他の三隻は米軍機の攻撃を受け、真っ黒い煙を上げて燃え始めた。こちらの動きは米軍に筒抜けだったのだ。

離れたところにいた飛龍は全速力で逃げたが集中爆撃された。私は帰還した艦載機に給油して魚雷を装着する作業中だった。空母から機銃で反撃しても敵機には当たらない。ガソリンパイプが破れて引火し、攻撃に備えて弾薬庫から出してあった何十発もの爆弾や魚雷が高熱で次々に誘爆した。大音響とともに艦内は火の海に。空母全体がビリビリと震えた。

水面より下にある機関室にも乗組員がいたが、延焼防止でマンホールを閉めたため脱出できず、多くが蒸し焼きの状態で死んだ。私は船の後ろの方に逃げ、わずかにできた空間にいて助かった。

夜になって火災が収まり退艦命令が出た。空母の上部は吹き飛び、艦内には黒こげの遺体がたくさん横たわっていた。私たちは駆逐艦に乗り移った。その駆逐艦から、艦長ら二人が残る飛龍に向けて魚雷が二発発射された。大きな火の玉が上がり飛龍は沈んだ。「なぜ味方の空母に」と。米軍にえい航されたら恥の上塗りだという判断だろうが、痛恨の極みだった。

背中に被弾していることに気付き、長崎県佐世保市の海軍病院で治療を受けた。ミッドウェーの負傷者は一つの病棟に収容され、一歩も出るなと命令された。新聞の大本営発表では損害は実際より少なかったから、口封じだったんだね。（記者・錦織信子）

【ミッドウェー海戦】 日本軍が東南アジアや中国に戦線を拡大していた一九四二年六月、北太平洋のミッドウェー島を攻略しようとして米海軍に大敗した戦闘。日本海軍は主力空母を失い、日本は劣勢に転じ敗戦に向かったとされる。

「散ってこそ」の恐ろしさ

——ガダルカナル攻防戦に海軍航空隊員として参加した天野《あまの》環《たまき》さん

（一九二二年六月二六日生。愛媛県松山市）

一九三八年四月、当時一六歳の私は、勤め先の呉（広島県）の海軍工廠《こうしょう》で戦艦大和の甲板強度を高める実験に携わっていた。国内は歌といえば軍歌、映画は戦争もので、二〇歳になればどのみち徴兵が待っている。どうせなら空を飛びたいと思い、一九四〇年六月、海軍航空隊に志願入隊した。

軍で名前より大事な兵籍番号は「呉志空三九一七」。今もはっきりと覚えている。呉から大分や霞ケ浦（茨城県）に移ってモールス信号などを学び、当時最新鋭だった「一式陸上攻撃機」から魚雷を落と

す偵察員に任命された。

一九四二年八月、ミッドウェー島の攻略に失敗した私たちはラバウル（パプアニューギニア）に駐留していた。ガダルカナル島に米軍が上陸したとの連絡があり、攻撃機に乗り込み離陸した。二時間ほど飛ぶと、上空の零戦（ゼロ戦）が燃料タンクを切り離して急旋回。モールス信号が「戦闘用意」を伝え最後の実戦になると悟った。

無数の輸送艦が接岸していた。高度を落とすと、あちこちからカンカンと弾の当たる音が響く。目の前はえい光弾の赤い線や、敵艦の対空砲の黄色い煙。一発だけの魚雷を投下後、機関銃で敵艦を撃ち続け、砕け散った船を見たのを最後に記憶が途絶えた。

気がついたら波が体に打ち付けていた。炎上した機体から海に飛び込み操縦席を見ると、パイロットが焼け死んでいた。出血した左腕をかみちぎろうとサメが群がってきて、必死に振り払った。「死ぬなよ」と仲間の声が聞こえ、意識が遠くなった。

目覚めると米艦の医務室で治療を受けていた。ニュージーランドで約三年を過ごして終戦を迎え、一九四五年一二月に帰国した。

「散ってこそ　九段の桜　価値はあり」。国のために靖国に入ることが名誉だと思っていた。戦後に当時の心境を句にしたが、これほど恐ろしいことはなく、自戒を込めて詠み続けたい。（記者・前田大輝）

【ガダルカナル島】　南太平洋のソロモン諸島の火山島で、アジア太平洋戦争の激戦地。一九四二年八月、日本軍の飛行場を占領するため米海兵隊が侵攻。日本軍は一九四三年二月の撤退まで、戦闘のほか飢えや病気で二万人以上が死亡、「餓島《がとう》」と呼ばれた。

餓死の島だった
——ガダルカナル島攻防戦から生還した鈴木《すずき》貞雄《さだお》さん

（一九一八年五月一七日生。北海道旭川市）

その先どうなるか分からなかったけれど、うれしくて涙が出た。駆逐艦で南太平洋のガダルカナル島

を撤退したのは一九四三年二月七日の深夜。勇ましく「隣の島までやっつけてやれ」と上陸した私たち一木《いちき》支隊は、飢餓や感染症で骨と皮だけの姿に変わり果てていた。食べられる動植物が本当に少ない餓死の島だった。

一木支隊の第二陣として一九四二年八月二七日に上陸した。渡された食料は少量のコメや缶詰など。敵陣の食料を奪うつもりだったが、激しい攻撃で近寄れなかった。

敗走してジャングルで半年間、野宿した。カエルもヘビもネズミもいない。腹ぺこで動けなくなるんだから。仲間を射殺して奪ったり、手りゅう弾を投げ込んで盗んだり。理性を失い、日本人同士が少ない食料をめぐって争っていた。人間のすることではないが、実際に見てきたことだ。

帰国できるとは夢にも思わなかった。安らかな表情で横たわる兵士の亡きがらを見ると、死ねばかえって楽になると思った。でも自決用の手りゅう弾を手にすると、おふくろの顔が浮かんだ。生きて帰りたかった。

神に祈っても、泣いても、わめいても、食料が集まるわけではない。マラリアの高熱で体が震える日もヤシの実を集めた。苦い草も煮て食べ、なんとか生き延びた。

撤退日。迎えの駆逐艦にボートで近づき、垂らされた縄ばしごを必死に上った。ここまで来たのに、甲板に上がった途端に安心して絶命する人もいた。力がなくて海に転落する兵士も相次いだ。

船でブーゲンビル島や広島を経由し、一九四三年七月に列車で旭川に戻った。おふくろに会えるのがうれしかったし、会ったときは一緒に泣いたよ。

近所では「鈴木からガ島の話を聞いたか」と憲兵が回っていた。どんな戦いだったか分かると困るから。みな飲まず食わずで死んだんだ。戦争なんてするもんじゃない。（記者・桑原雅俊）

【一木支隊】 旧陸軍歩兵第二八連隊（北海道旭川市）を基幹に編成された一木《いちき》清直《きよなお》大佐が率いた部隊。グアム島から帰還中、米軍から飛行場を奪還する目的で急きょガダルカナル島に派遣された。上陸した一八八五人中、一四八五人が戦死した。

兵隊は消耗品だった

——ビルマ戦線に従軍した谷川《たにがわ》順一《じゅんいち》さん

（一九一六年六月二日生。大阪府枚方市）

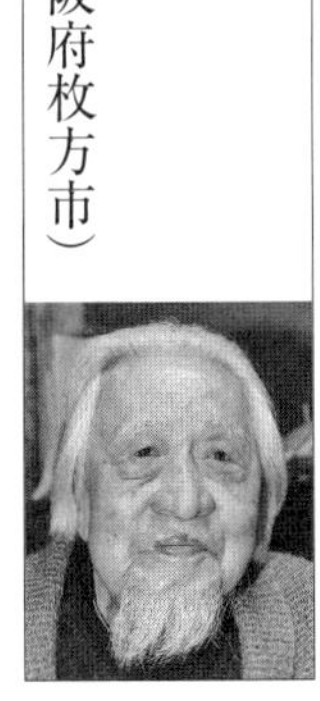

一九三八年と四三年の二回召集され、中国やビルマ（現ミャンマー）などに従軍した。私は一兵卒だったが、弟の収吾《しゅうご》は士官学校を出た少尉で、同じ歩兵第一二八連隊に所属してビルマにいたときに亡くなった。軍隊は「兵隊は使えるだけ使え」という主義で、ほんまの消耗品だった。

弟が亡くなったのは一九四四年。ビルマ北部モガウンの守備に当たっていたときだった。六月の雨の降る夜、別の場所にいた私の所まで訪ねて来て「兄さん、ひきょうなまねをしても内地に帰ってください。絶対に生きて帰ってください」と言ったので、戦死を覚悟しているんだなと思った。

モガウンでは、ビルマからインド北東部の攻略を目指して大失敗した「インパール作戦」の敗残兵も見た。当時は雨期。増水した川を渡ることができず、おぼれて死ぬ人が多かった。みんな疲れた様子だった。

モガウンに英軍が攻めてきたとき、弟の部隊も全滅したと知った。その後、私がいた場所も危険な状況になったので、南に向かって退却することになった。

負け戦は悲惨なもの。補給路を断たれて食料がない。爆撃で転覆した汽車から米俵が散乱し、コメをつかんだままの日本兵が死んでいるのを見た。赤痢で、血便をたらしていた。自分はそのコメを拾い集めて食べた。

食料がありそうな集落を探し、強奪したこともあった。やみくもにジャングルに入っても食べ物はなく、ほかに方法がなかった。

逃げている間も航空機の機銃掃射を受けた戦友は即死。弾が土に突き刺さるときは「ピシュー、ピシュー」と音がする。戦車と戦闘した時も戦友が顔を上げた瞬間、機関銃の掃射を顔に受けた。

軍は兵隊が死んでも令状で集めて補充すればいい

という考え。人海戦術はやらないことだ。犠牲者を増やすから。歩兵がえっちらおっちら行ってもだめだ。（記者・川村敦）

【ビルマ戦線】　アジア太平洋戦争の開戦からまもなく、タイに進駐していた日本軍が英国領ビルマに侵攻し、一九四二年五月にほぼ全域を攻略。一九四四年のインパール作戦失敗後は連合国軍の反撃を受け、一九四五年五月にラングーン（現ヤンゴン）が陥落した。

知らされずシドニー沖へ

――特殊潜航艇によるシドニー湾攻撃作戦に参加した石岡作治《いしおかさくじ》さん

（一九二五年三月八日生。北海道函館市）

明日、伊号潜水艦に乗艦せよ――。突然の命令だった。私は海軍に志願し、一九四二年五月、潜水艦隊の旗艦だった練習巡洋艦「香《か》取《とり》」に機関兵として配属された。その月、潜水艦に欠員が出たことで急きょ補充兵として乗ることになった。甲板には、特殊潜航艇一隻が積まれていた。

特殊潜航艇は、二人乗りの小型潜水艇で、潜水艦から発進した後に電池を動力にして敵艦に近づき、搭載された魚雷で奇襲攻撃する。

潜水艦は南太平洋に浮かぶトラック島の基地を出発した。乗るのは初めてで、新鮮な空気を吸えないことに慣れるまでには時間がかかった。

一体、行き先はどこなのか。疑問に思っても上官に尋ねることは許されなかった。海軍は機密保持に厳しく、自分が所属する船の名前すら他言厳禁だった。ましてや周囲は知らない兵士のみで、食事の時に雑談しても作戦について話すことはなかった。

私は潜水艦の運転室にある、電気系統を担う機械を命令に従って扱っていた。艦長や潜航艇に乗る兵士がどこにいるのかもまったく分からないまま航海が続いた。どれだけの日が経過したかは、もう覚えていない。

ある日、潜水艦が急に潜行を始めた。潜航艇を放った後だろう。すぐに敵の爆雷が海に落とされ「グオーン」と爆発の衝撃が四、五回伝わってきた。一度は近くで爆発したらしく、艦首が大きく持ち上がった。どうなるのか不安だったが、私も周囲も黙々と命令に従った。

トラック島の基地に戻ると、すぐに香取への帰還を命じられた。戻ると、同僚に「おまえが乗った潜水艦はシドニーに行っていたぞ」と教えられ、初めて自分が従事していた作戦を知った。予想もしていなかったのでとても驚いた。私はシドニー沖に行ったことも、そこで潜航艇が湾内へ突入したことも知らぬまま生還したのだ。（記者・早瀬川賢也）

【シドニー湾攻撃】　アジア太平洋戦争初期の一九四二年五月三一日、日本の特殊潜航艇三隻がシドニー湾の連合国軍の艦船を攻撃するために湾内に侵入、うち一隻が発射した魚雷で連合国軍の兵士二一人が死亡した。潜航艇の乗組員六人も犠牲になった。

最初は特攻成功、拍手も

――フィリピン・ルソン島で特攻船の出撃を無線で伝え続けた庭山平一《にわやまへいいち》さん

（一九一七年三月二五日生。福島県郡山市）

三回目の召集令状が届いたのは、長男が生まれて約一カ月後の一九四四年九月だった。部隊を乗せた輸送船一五隻が広島から出港したが、途中で待ち受けていた米軍の魚雷攻撃に遭い、半分がやられた。仲間の船が炎を上げて沈みゆく光景は今思い出してもぞっとする。

同年一〇月にたどり着いたフィリピンのルソン島では、海上挺進基地の設定部隊だった。ベニヤ板で作った小船に爆弾を積み、敵の軍艦に突撃する。その命令を伝えるのが任務だ。「米国の船が近くにいる」と浜辺に待機する部隊に連絡すると、特攻船が出て行くんだ。

当時私は二七歳で、船に乗っているのは一八歳から二〇代前半の若者。みんな志願して来ていた。自分で動かし、死にに行くだけの船に乗りにだ。命令を伝える時の切ないことといったら。「国のためだから仕方ない」と思っていたが、今思えば本当に気の毒なことをした。

作戦は最初、成功した。海まで二キロ離れた本部からも、船が爆発して煙が上がるのが見えた。ドーン、ドーン、ドーンと、敵船が沈むまでごう音が続いた。「やった」と、みんなで拍手喝采した。死ぬのが何よりの名誉だと誰もが信じていた。

約三カ月で送り出したのは十数人だったか。敵の爆撃で無線機がやられ、無線隊は解体。翌年四月に山中へ敗走した。ヘビやカエルを食べて命をつなぎ、歩けなくなった人は大隊長命令で自害した。死にきれない者には、仲間が拳銃の引き金を引いた。「天皇陛下万歳」なんて叫んだ人は、ほとんどいなかったよ。みんな「家族に会いたい」と言って死んでいった。

ある日、空からチラシが降ってきた。米軍機から「日本は敗戦した」と上官の声が響き、やっと山から下り投降した。みんな裸のような格好だった。一九四五年一〇月のことだ。

戦争はばかくさい。集団的自衛権が行使されたら、また戦争になる。みんな頭がまひしていたあの時代に戻りたくない。（記者・兼次亜衣子）

【フィリピンでの戦い】 旧日本軍は一九四二年一月に米国領フィリピンへ侵攻、実効支配したが一九四四年一〇月のレイテ沖海戦で敗北。米軍は一九四五年一月にルソン島に上陸、激しい地上戦が続いた。防衛研究所によると、全土で五〇万人近い日本兵が死亡した。

守り切った戦友の遺骨

——フィリピン・パナイ島の密林で終戦を迎えた下條司《しもじょうつかさ》さん

（一九二二年一〇月二四日生。北海道蘭越町）

陸軍部隊の一員として、フィリピン・パナイ島南部にあるボカリ盆地の密林で潜伏生活を始めたのは

一九四五年四月。米軍の攻勢を受け、拠点としていた町から逃げ出した後のことだ。迫り来る敵の影を避け続ける日々だった。

私は他の部隊の歩兵や憲兵、在留邦人も合わせ約一五〇人と生活した。地元住民がうち捨てた竹製の家屋に住んだが、眠れないほど蚊が多くてね。寄って来ないよう、一晩中、木の根や葉を燃やして煙をたいたものだ。

食いつなぐのにも必死で、ヤシの実の汁からカエルまで何でも口にした。密林に潜むゲリラの基地からコメを奪おうと出掛け、帰らなかった歩兵たちもいる。「絶対に生きて戻る」「いつまで続くのか」という思いの間で、毎日心が揺れていた。

八月上旬の夜だった。突如米兵三、四人の奇襲を受け、銃撃戦に発展。家を飛び出し、部隊長の元に駆け寄ると、地面に一人の男が倒れていた。

「この男は北海道苫小牧市出身の金谷《かなや》軍曹だ。おまえが家族に届けてやれ」。遺体を火葬後、部隊長はそう言って、唯一道内生まれの隊員だった私に、彼の中指部分の骨を渡した。直接面識はなかったが、その無念さを思うと胸が詰まり、約束を果たすと心に決めた。

ほどなくして終戦を迎え、投降。やって来た米軍の指示を受け、衣服を脱ぐと全部燃やされた。担当の青年兵が、首に掛けていた遺骨入りの竹筒に手を伸ばした時、私は思わず「これは死んだ戦友だ、持ち帰らせてくれ」と叫んだ。するとニッと笑い「よろしい」と日本語で返したのだ。彼は日系人だった。全身の力が抜けたのを覚えている。

捕虜として食料品管理などに従事し、一二月末に帰国するまで竹筒は守り切った。寄港先の浦賀港（神奈川県）で遺骨収集係の国職員に手渡し、その後、無事に家族の元へ帰ったと聞いた。生き残ってしまった者として成し得た、数少ない「罪滅ぼし」の一つだ。（記者・神戸郁人）

【パナイ島】　フィリピン中部のビサヤ地方に位置し、アジア太平洋戦争開戦時には多くの日本人移民が居住。日本の軍人や民間人は一九四五年春以降、密林に退避したが、戦闘や集団自決で、少なくとも約二〇〇〇人の日本人が犠牲になったとされる。

丸太にしがみつき助かった

——輸送作戦中に攻撃されフィリピン近海で三日間漂流した和久良明《わくよしあき》さん

（一九二三年一〇月一六日生。栃木県那須烏山市）

一九四四年一一月、米軍との攻防が続くフィリピン・レイテ島に陸軍兵を運ぶ「第三次輸送作戦」が始まった。約一〇隻で船団を組み、マニラを出発。海軍にいた私は敵船の速力や針路を測る測的長として乗り込んだ。

数日後の昼、上陸する港が見え始めたときだった。突如、米軍の攻撃機が上空に現れ、左舷に至近弾を受けた。ものすごい爆風に襲われ、船は大破。沈むと思い、海に飛び込んだ。味方の船も次々に沈められた。

夕方、機雷を収容していたすのこが流れてきて五人で乗った。その晩、一人が眠りそうになった。「寝るな。寝ると駄目だ」と注意したが、ついには眠り込み、気付いた時にはすのこから落下。救えなかった。

夜が明けるとフィリピン人がカヌー二隻で現れ、陸まで運んでもらった。「助かった」と思ったが、陸に上がるなり囲まれて石や丸太を投げられた。日本兵を捕らえれば米軍から報酬がもらえたのかもしれない。やりを奪って格闘し、なんとか海に逃げたら、陸軍兵約一〇人が電柱みたいな丸太につかまって流れてきた。同期の乗組員と二人でしがみついた。

でも朝、隣にいたのは同期だけ。海に慣れていなかったのか陸軍兵は全員力尽きてしまった。私も飲まず食わず。腹から下は海の中で感覚が失われていた。それでもなぜか死ぬ気はしなかった。幸い海水が温かかった。

夕方、陸軍の船に助けられてセブ島に運ばれた。海水から上げた足はふやけてぶよぶよだった。同期はフィリピン人との格闘で頭をけがし、破傷風で亡くなった。

一九四五年春、米軍が島に上陸したのでジャングルに逃げ、終戦までさまよった。あちこちで日本兵の遺体を見たが、もう何も感じなかった。戦争は本当の殺し合い。終戦直後は農作業で気を紛らわせたが、夢にも出て苦しかった。約二〇年後、戦友と体験を語り合い、ようやく気持ちが落ち着いた。（記者・功刀弘己）

【レイテ島への部隊輸送作戦】　アジア太平洋戦争末期の一九四四年一〇～一二月、激戦地のフィリピン・レイテ島に部隊を増援するため、海軍などが九回にわたり実施。「多号作戦」と呼ばれる。輸送中の船が米軍機に次々爆撃され、多くの犠牲が出た。

「俺もすぐ行く」

――フィリピンで特攻機の援護に当たった笠井《かさい》智一《ともかず》さん

（一九二六年三月八日生。兵庫県伊丹市）

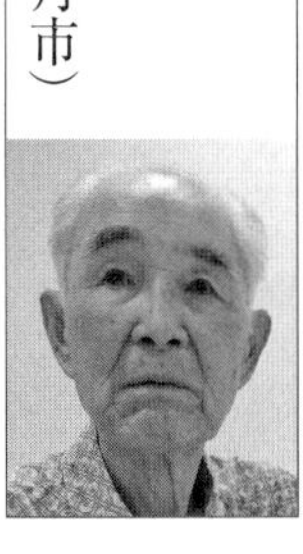

一九四四年一〇月のフィリピンで特攻隊による攻撃が始まると、援護担当になった。特攻を命じられた同期にそれを告げると「そうか。頼むぞ」と返ってきたので、「よっしゃ。任せろ。俺もすぐ特攻で行く」と応じたのを覚えている。

護衛と戦果の確認のため特攻機と飛んだのは四回で、体当たりを目撃したのは一回。離陸の数時間後、突然、特攻機三機のうち一機が雲の切れ目に突っ込んでいった。遅れまいと付いていくと、米艦船に体当たりし、残りの二機も続いた。

艦船から火柱と煙が上がり、爆発した瞬間は「やった。当たった」と思った。大半が一八～一九歳の同年代だったが、かわいそうとかは感じなかった。明日はわが身だから。それがいつか分からないだけ。一人死んでくよくよしていたら戦争はできない。

自分もすぐに特攻隊に志願したが、翌一一月に別の航空隊に配属された。本土防衛を任とする部隊で、零戦より大きい最新鋭機の「紫電改《しでんかい》」で出撃を続けた。毎朝基地の長机で朝食を食べるが、米軍機との空戦があると五、六人は帰らない。昼食も同数が準備されており、余っていると「あいつもおらん、こいつもおらん。そうか、年貢を納めたか」と考えた。

ここでも、悲しいとかつらいとか、そんな感情は湧かなかった。勝つと信じていたから、一機でも多く米軍機を落とすことだけ考えていた。負けたと聞いたときは「あほな。そんなことありうることか」と思った。

同期の八割が命じられるまま特攻や空中戦などで戦死した。自分が生き残った理由は、技量とか機体の質は関係なく、運でしかない。ある時、当時の幹部が「あの戦争は間違いだった」と発言したのを聴き、はらわたが煮えくりかえった。悲惨な戦争は何だったのかと怒りがこみ上げた。何百万人が死んで、今の平和がある。若い人には戦争について知ってほしい。（記者・松下圭吾）

【紫電改】　零戦に代わる新鋭機としてアジア太平洋戦争末期に開発された旧日本海軍の戦闘機。全長約九メートル、高さ約四メートル。造られた約四〇〇機のほとんどが戦後、処分された。愛媛県愛南町の紫電改展示館に一機展示されている。

幸せ根こそぎ奪われ

——サイパン島での戦いで家族八人を失った国吉真正《くによししんしょう》さん

（一九三二年二月六日生。沖縄県那覇市）

出生地のサイパンを思い起こそうとすると、家族との楽しい日々と一緒に、つらく悲しい記憶が襲ってくる。一九二八年、沖縄県糸満市出身の両親がサイパンに移住して農業を営み、その四年後に私が生まれた。八人きょうだいの長男。自宅の周りにはパンの木やバナナ、パイナップル、近くの森にはマンゴーやグアバが生えていた。

一九四四年六月に何百機もの米軍機が襲いかかり、艦砲射撃が始まった。家族一〇人、持てる限りの食料を手に山岳地帯の北へ逃げた。空から雨のように弾丸が降ってきた。飢えよりも、弾に当たるんじゃないかという恐怖の方が強かった。

七月九日。今でも胸が詰まる。家族全員で島の最北端バナナデル海岸に行き着いた。七〇人以上の民間人と、日本の敗残兵が入り交じっていた。

昼すぎだった。「午後四時からは攻撃を開始します。戦争は終わりました。水も食べ物もある。出てこい」という米軍の救命放送。大人たちは集団自決を決行するかどうかを大声で論じていた。

母だけが「命を大切にするべきだ。捕虜になろう」と反対したが、父や姉が「死ぬときは家族みな一緒だ」と主張し、認められなかった。

幼い下の妹二人は木の下に置き去りにして、覚悟を決め、みんなで集まって手りゅう弾を二、三発爆発させた。足を負傷したが、七〇人分には足りない。みんな一斉に岩壁から海に飛び込んだが、死にきれず、必死で岸にはい上がった。それを見た父は、慌てて追いかけてきた。「ウリチュイチカシーネー、デージデームン（この子だけ生き残ったら大変だ）」って。母や他のきょうだいは、上がってこなかった。

翌朝、父と一緒に捕虜になり、収容所に入った。そこには下の妹二人もいたが、栄養失調などで命を落とした。わずかな時間で、家族八人と必死で築いた財産をなくした。戦争は幸せな生活を根こそぎ奪う怪物だ。（記者・前森智香子）

【サイパン島】日本の南約二四〇〇キロに位置し、第一次世界大戦後に日本の委任統治領となり、沖縄県から多くの住民が移住。一九四四年六〜七月に日米の激戦があった。軍属や民間人など六〇〇〇人以上の同県出身者やその子どもらが死亡した。

生き延びられたのは偶然

――硫黄島から生還した大曲覚《おおまがりさとる》さん

（一九二二年六月一日生。東京都新宿区）

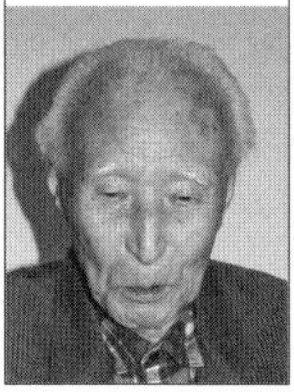

秋田鉱山専門学校（現秋田大学）を卒業後、「陸軍より楽そう」という理由で一九四三年に海軍へ入隊し、翌年八月に硫黄島に赴任した。

任務の大半は、空襲から身を守り、陣地としても使う防空壕づくりだった。私の壕は深さ二〇〜三〇メートル、奥行きが一五〇メートルほど。薄暗い中、つるはしを使い、ほとんどを手作業で掘った。

島は名前の通り、あちこちで噴火し、とても暑く水不足が最大の問題だった。どんな作業をしていても、雨が降ったらテントをひっくり返して水をため、飲み水にした。水は将校も兵隊も関係なく、一人一日当たり水筒一本だった。

過酷な作業と水不足、食料不足による栄養失調で、私も含め多くの者が赤痢などの病気になった。正直なところ、米軍が上陸してきた時にはみな疲労困憊《こんぱい》し、戦える状態ではなかった。

日々戦況が悪化し、気温五〇度にもなる壕の中で息を潜めた。戦おうという気持ちはなく、どうやって生き延びるかだけを考えた。夜になると敵に見つからないよう米軍の食べ残しのパンや缶詰、水たまりを求めて歩き回った。泥水だろうと汚かろうと関係なかった。

わずかな水を奪い合い仲間同士の殺し合いも起こった。水を持っているのがばれないよう、水筒の水が「ちゃぷちゃぷ」と音をたてないよう抱えて歩いたものだ。

暗闇の中で正気を失ってしまった仲間を拳銃で撃ったり首を絞めたりして殺す者もいた。私はやらなかったが、止めもしなかった。動物と同じで本能で生き延びようと思っていただけ。善悪で物事を考えなくなっていた。

拳銃で自決しようとしたこともあったし、何度も死にそうになった。戦いの意味なんて考えたこともなかった。行き当たりばったりで必死で行動していただけ。硫黄島のような過酷な環境で生き延びられるかどうかは運や偶然によるもの、としか思えない。

（記者・草加裕亮）

【硫黄島】 東京の南約一二五〇キロにある島。米軍が一九四五年二月に上陸し、旧日本軍は地下壕をつくって島を要塞化し、ゲリラ戦を展開。約一カ月間にわたり組織的な戦闘が続き、日本兵約二万一九〇〇人、米兵約七〇〇〇人が死亡したとされる。

重労働で一〇〇人死亡

――捕虜監視員として動員され戦犯となった李《イ》鶴来《ハンネ》さん

（一九二五年二月九日生。東京都西東京市）

韓国南部で実家の農業を手伝っていたとき、村長から呼び出された。「二年の任期で月給五〇円。行ってこい」。一九四二年六月、一七歳で故郷を後にし、釜山で訓練を受けてタイの捕虜収容所に配属された。私たち朝鮮人監視員の任務は、鉄道工事に駆り出される捕虜を管理すること。捕虜の待遇について定めたジュネーブ条約など聞いたこともなかった。

一九四三年二月にタイとビルマ（現ミャンマー）を結ぶ泰緬《たいめん》鉄道建設のため、オーストラリア兵ら捕虜約五〇〇人を連れてタイのヒントクへ向かった。人跡未踏のジャングル地帯で、工事は難航。捕虜は栄養失調と重労働で弱り果てた。赤痢やマラリア、コレラが流行して、薬がない中一〇〇人ほどが死んだ。

毎日、軍の鉄道隊から「明日の作業に人を出せ」と指示を受ける。少しでも動ける捕虜を出した。工事を進めるには一人、二人が死んでも仕方ないと思っていた。

戦争が終わって「祖国解放」を仲間と喜んだのもつかの間。連合軍に呼び出され、シンガポールの刑務所へ収容された。「患者を就労させた」「部下が虐待するのを止めなかった」として起訴された。捕虜を殴ったのは一度だけだ。天幕を勝手に切り裂いて寝台のシーツにした捕虜を叱ったが、この件は起訴状に入っていない。軍の末端にいた私にとっては不条理な罪状だった。

作業員を出せという命令は絶対で、そもそも朝鮮人軍属に部下などいない。捕虜たちは死んだ仲間の恨みを晴らすため、われわれ監視員に怒りを向けたのか……。英語での裁判だったが、判決だけは聞き取れた。「デス・バイ・ハンギング（絞首刑）」。頭の中が真っ白になった。

結局、禁錮二〇年に減刑されて東京の巣鴨プリズンへ移された。植民地支配の結果、韓国の片田舎にいた自分が戦犯とされたわけで、日本人と同等の補

償を受ける権利があるはずだ。（記者・角南圭祐）

【朝鮮人捕虜監視員】　一九四二年、旧陸軍省が朝鮮人と台湾人を捕虜監視に充てると決定。朝鮮人約三〇〇〇人を南方へ派遣した。連合軍の捕虜の多くが強制労働などで犠牲に。内海愛子『朝鮮人ＢＣ級戦犯の記録』（岩波現代文庫、二〇一五年）によると、朝鮮人監視員は一二九人がＢＣ級戦犯になった。

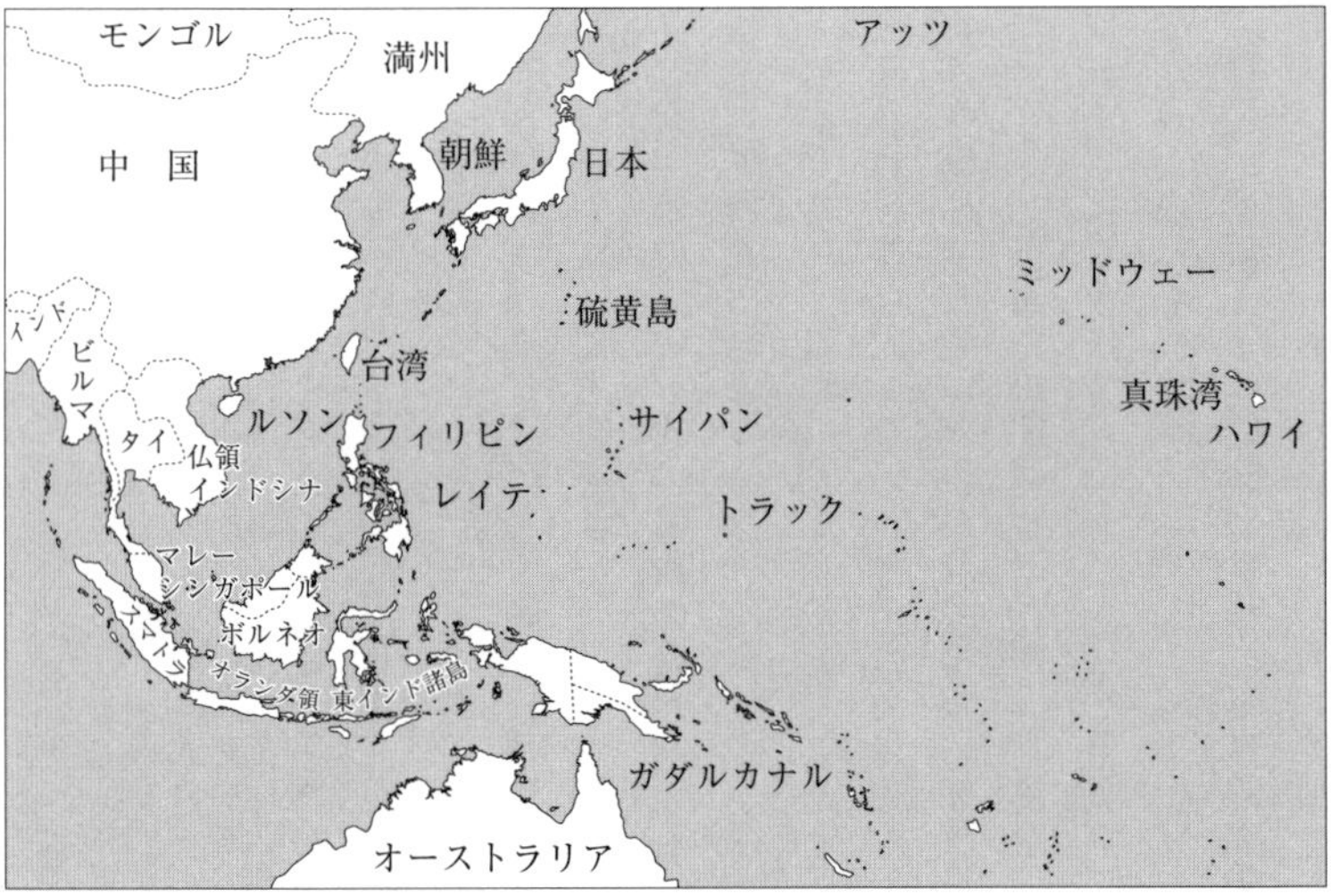

地図２　南方戦線

3　ソ連の侵攻と抑留、引き揚げ――訪れなかった「戦後」

「日本人」として志願入隊
――元台湾人日本兵の呉《ご》正男《まさお》さん

（一九二七年八月四日生。神奈川県横浜市）

日本統治下にあった台湾・台南州斗《と》六街《ろくがい》出身で、一九四〇年秋に改姓して「大山」と名乗り始めた。東京の旧制中学に留学中の一九四四年四月、旧陸軍に志願入隊した。既に「転進」「玉砕」と報じられ、戦局は明らかに悪かったが、日本人として日本のために、と考えていた。剣道で鍛え、硬派な愛国少年だった。

一九四四年の一二月末、茨城の滑空飛行第一戦隊に配属され、爆撃機の通信士を務めた。敵の飛行場に強行着陸する滑空歩兵が乗った大型グライダーをえい航する役目。一九四五年五月に朝鮮半島北部の宣徳飛行場に移り、夜間離着陸訓練を繰り返した。

一九四五年七月、飛行場の神社に集められ、「志望」「熱望」「熱烈望」と記された紙切れを渡された。特攻への意識調査だ。既にあちこちで特攻隊の報道があったので、「順番が来たな」と思い「熱烈望」に丸を付けた。

でも長男だったためか特攻隊には選ばれずに終戦を迎えた。雑音が入った玉音放送は「ソ連が参戦したからもう一踏ん張りしろ」と鼓舞しているように聞こえた。でも「独立万歳」と喜ぶ朝鮮の人の様子で敗戦を悟った。命が助かったんだと思った。

いったん平壌飛行場に移動し、南下する途中でソ連兵に捕まった。列車で二三日間も走り続け、到着したのは半砂漠のカザフ共和国（現カザフスタン）にある収容所。二年間、重労働させられた。収容所では食事の量が少なかった。かゆ状のご飯を一口でも多くもらうため容量を増やそうと、食器の飯ごうのふたをたたいて延ばした。実際に増えたかは分からないが。六〇キロあった体重は復員時には四〇キロに減っていた。

この抑留生活を経て一九四七年七月一四日、京都・舞鶴港に復員し、旧陸軍大山正男兵長から呉正男に戻った。思考も全て日本語なのは今も変わらない。実戦には投入されず、銃も撃っていない。戦争で苦労された方々と比べれば私はラッキーだった。

（記者・桑原雅俊）

【台湾人日本兵】 一八九五年の下関条約で清朝から割譲された台湾は、アジア太平洋戦争終戦まで約半世紀間、日本に統治された。厚生労働省によると、台湾人二〇万七一八三人が日本軍の軍人・軍属として出征し、三万三〇六人が死亡した。

終戦後の悲劇、日ソ両軍に

——無条件降伏後の占守島の戦闘に参加した小《お》田《だ》英孝《ひでたか》さん

（一九二八年二月一四日生。山形県東根市）

日本が無条件降伏した一九四五年八月一五日は、北辺の日本軍守備隊にとって終戦を意味しなかった。私がいたのは千島列島最北端の占守島《しゅむしゅ》。一七日に敗戦の「残念会」の宴があり、備蓄の日本酒も振る舞われたが、一八日未明に「敵襲。敵情偵察せよ」の命令が下った。

当時私は一七歳。少年戦車兵で伍長だった。「小さいタンク兵」の意味で「豆タン」と呼ばれた。一五日に終戦と聞いた時、北海道に住む母の顔を思い出した。「日本がなくならなくて済んだ」とも。島にはB17など米軍の散発的な攻撃はあったものの、被害はほぼ皆無。それだけに一八日になっての闇討ちのような敵襲の知らせに「米軍ではなくソ連軍だ」と直感した。

九七式戦車で出撃したが、撃てども撃てども上陸したソ連兵が向かって来る。弾が尽き補充で部隊に戻る際には、敵か味方かも分からないおびただしい数の遺体を踏みつぶして行くしかなかった。

部隊に戻ると、戦車に同乗していた車長は出血多量の状態だった。この車長に、残念会での酔いがさめない炊事軍曹が一升瓶をかかげて酒を飲ませようとした。私は怒りからその軍曹を撃ち殺そうとするところだった。

戦闘は三日後の二一日にほぼ終了。日本軍の武装解除が進められた。二五日ごろ、戦場整理に駆り出された。私の戦車が砲撃した草原に行くと、黒いひげ面のソ連兵が頭を北に向けて死んでいた。

その兵士は手帳を握っていた。息を引き取る際に何か見たのかと思い触ってみると、一枚の写真がパラッと落ちた。右側に海軍の制服姿の将校。左側に金髪碧眼の美しい女性が立ち、真ん中には五歳ぐらいの軍服姿のかわいい男の子がいた。

その写真を見て、電気に打たれたようなショックを受け、涙が止まらなかった。素晴らしい家族を残して死んでいかねばならなかった戦争はおぞましい。私は写真と手帳をなくさないようにと彼の内ポケットに入れた。（記者・平林倫）

【占守島の戦闘】　一九四五年八月九日、ヤルタ会談での密約にもとづき日ソ中立条約を一方的に破棄したソ連は満州、南樺太に続き、八月一八日未明、日本領の占守島に侵攻。二三日の停戦協定成立までに日本側約三五〇人、ソ連側約三〇〇〇人が死亡したとの情報があるが、犠牲者数は諸説ある。

死の恐怖におののいた

——樺太で国境守備に当たった丸山重《まるやましげる》さん

（一九二五年九月八日生。北海道釧路市）

ソ連軍が侵攻してきたのは一九四五年八月九日午前八時ごろだった。北緯五〇度に近い樺太（現ロシア極東サハリン）で、陸軍の国境守備の任務に当たるようになって間もなく「非常呼集」が掛けられ戦闘が始まった。「敵襲だ！」。軍曹の大声が響き、慌てて配置に就いたことを覚えている。

全員が顔面蒼白で足にも震えがきた。何とかソ連軍を止めようと思ったけど、伏射態勢の上に銃弾が飛んできて、もう手も足も出ないわけさ。はうようにして後ろに下がらざるを得ず、各自ばらばらになってしまった。

心臓を刺して殺すよう上等兵に頼んだ重傷の隊員がいた。ソ連兵にやられる前にね。銃弾が頬を左から右に貫通して口が利けないから、目で訴え左胸を指さしたんだ。その後の場面は見られなかった。耳をふさいで一〇メートルぐらい逃げた。今でも思い出したくもない。

「爆雷ごと敵に飛び込め」と命令されたことがあった。つまり玉砕しろということ。恐ろしくてできなかった。ソ連兵にも追われ、とにかく撃たれないように蛇行しながら走った。軍人だから逃げるのは恥だが、死にものぐるいだった。

隊に戻ると、一八日に翌日早朝の総攻撃命令が出た。もうおしまいだなと覚悟を決めた。だけど、何とかして助かりたいというのがどうしても心の中に潜んでいた。恩賜のたばこは味がしなかったし、夜はまったく眠れなかった。今度こそ本当に死ななくちゃならないのかという気持ちだった。

ところが一九日朝、停戦を知らされた。死ななくて済むと分かり、安心して涙が出そうだった。

戦争では相手を倒すという「軍人精神」より、やっぱり身を守るというのが強く出てくるのさ。要するに死にたくないっていう気持ちがね。捕虜となり連れて行かれる時も「ソ連兵にやられるのでは」と気になり、そこら中に転がる遺体に冥福を祈るような気持ちにはなれなかったよ。（記者・野田有弥）

【ソ連の樺太侵攻】 一九四五年八月九日、ヤルタ会談での密約にもとづき日ソ中立条約を一方的に破棄したソ連軍が日本統治下の北緯五〇度以南の樺太に侵攻した。厚生労働省によると、樺太と千島列島を合わせた日本側犠牲者は、民間人を含め約二万一〇〇〇人に上るとされる。

酷寒、飢餓……仲間が犠牲に

――シベリア抑留を経験した徳光碩夫《とくみつせきお》さん

（一九二三年九月一二日生。大分県宇佐市）

旧関東軍の幹部候補生が集まった石頭教育隊の一員として中国の旧満州にいた一九四五年八月九日、ソ連軍と戦闘になった。小銃が足りずコーリャン畑に隠れていた際、機銃掃射にやられた。この頃に右目を負傷し、後に失明した。

終戦の知らせを聞いたのは、難を逃れ鏡泊湖へ南下した後。敗戦が信じられず山に一カ月潜んでいたが、地元の人にウラジオストク経由で帰国できると聞き、貨車で向かった。でも着いたらソ連の人に「日本の迎えの船がない。一時的に収容所へ行くように」と指示された。それが一一月。四年間に及ぶ抑留生活の始まりだった。二二歳だった。

最初の一年は収容所約一〇カ所を転々とさせられた。トラックで移動中、ソ連兵に衣類が入った荷物を奪われたこともある。先が見えず仲間と「いつ殺されるんだろう」と話してばかりいた。

コムソモリスクの収容所に落ち着いてからは、零下四〇度ぐらいの酷寒と飢餓、重労働に耐える日々。日中はまつげが凍り、夜は五〇人のバラックにストーブ一つ、丸太を敷いただけの床で寝る。食事は、二口の黒パンと飯ごうのふたに分配されたコーリャンのスープだけ。炊事場で拾ったジャガイモの皮を生のままかじり、ひもじさを紛らわせた。六三キロあった体重は四二キロにまで減った。

寒さと栄養失調で朝起きたら死んでいた仲間を何人も見た。日本にいる親やきょうだいのことを語り合った仲間の遺体をまとめて凍土に埋めたが、お経を上げることもできなかった。私も生きて帰れるとは思わなかった。

私の当初の仕事は松の伐採。約一メートルの積雪の中、大木が折れて倒れてくる。慣れないノコギリ作業で危険だった。農園でソ連の囚人が働くのを見張る役や大工もさせられた。でも目のけががあり、後半は風呂場の世話係に回された。暖かいしロシア

人の入浴日に白パンをもらえる。命を永らえたのはそのおかげだ。（記者・徳光まり）

【シベリア抑留】一九四五年八月の終戦直後から、ソ連軍の武装解除に応じた旧日本軍の将兵らがシベリアやモンゴルなどに連行され、森林伐採などの強制労働に従事させられた。厚生労働省の推計によると、抑留者は約五七万五〇〇〇人に上る。

鉄道工事で負傷、病院に
――朝鮮北部で抑留された横田《よこた》信男《のぶお》さん

（一九二七年五月一〇日生。宮城県仙台市）

学徒動員され仙台の軍需工場でコンデンサーを作っていたが、一七歳で志願して陸軍に入った。それが当たり前だと思っていた。朝鮮北部の羅南《ラナン》に派遣され、一九四五年八月九日以降、ソ連軍と戦闘に。向こうの戦車は大きく動きも速くてね。戦いにならなかった。

八月一六日か一七日の朝、上官から終戦を告げられた。「日本に帰れる」と喜ぶ仲間もいたが、不安の方が大きかった。時計などの貴重品を没収され、抵抗して殺された人もいる中、私は捕虜に。悔しいが、生きるためにやり過ごすしかなかった。

それから五日間、食べ物も与えられず延々と歩かされた。空腹と疲れで気を失い畑で倒れていたことも。たどり着いたのは古茂山《コムサン》の収容所。学校を柵で囲っただけのものだった。最初は外の塹壕が寝床だったが、体を横たえられればどこでもよかった。

一日の食事はコップ八分目の豆。後に塩も配られるようになったが、栄養失調で亡くなる人が続出した。冬の厳しさもつらかった。氷点下二〇度になると亡くなった人を埋葬しようにも穴が掘れない。凍傷で指を失う人もたくさんいた。

鉄道工事をさせられていた際、貨車から枕木が落ちてきて右足の甲を負傷した。入院先では雑用係を命じられ、チフスで死にそうになっている人にも食事を運んだ。体中シラミだらけ。自分も同じように死ぬのかと考えていると、無性に故郷の仙台が恋しくなった。

病院にいたとき、知り合いが「先に日本に帰るから」とあいさつに来た。「じゃあな」と手を振って別れたが、後に彼らがウラジオストクに連れて行かれたことを知った。自分もけがをしていなければ、シベリアで死んでいたかもしれない。

帰国は一九四七年三月。佐世保港に着き、みんなで抱き合って喜んだ。生き延びたのは運が良かっただけ。負け戦はみじめなもの。思い出したくないことばかりだ。（記者・横田敦史）

【朝鮮北部での抑留】　ソ連は捕虜の日本兵らをシベリアやモンゴルのほか、朝鮮北部でも抑留した。収容所の実態や抑留者数は不明とされる。厚生労働省によると、朝鮮北部では、抑留者を含め日本人約三万四〇〇〇人が引き揚げ前に死亡した。

ソ連の人に憎悪と友情

——終戦後二年間、ソ連占領下の択捉島で生活した山本昭平《やまもとしょうへい》さん（一九二八年四月一四日生。埼玉県行田市）

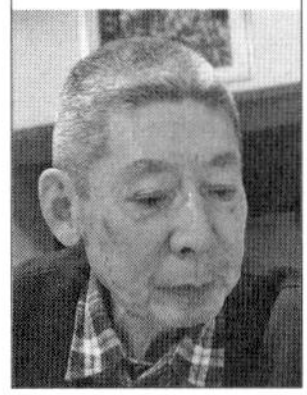

「本日より、この地はソビエト連邦の統治下に置かれる」。一九四五年一〇月上旬のある朝、故郷の択捉島蘂取村《しべとろむら》（現スラブノエ）の役場前で、やせ形のソ連人将校が宣言した。集められた約六〇人の村民に交じり、当時一七歳の私はじっと耳を傾けていた。

二カ月前の八月にソ連が対日参戦し、択捉島の占領を始めたことは伝え聞いていた。根室空襲で父を亡くしていたため、祖母と母、そして七人の弟と妹を自分が守ろうと覚悟を決め家に戻った。

ほどなくして、三人の青年兵がやって来た。彼らは押し入れやたんすの中をひっくり返し、祖父が興した向かいの商店にも入り、腕時計や万年筆を持ち出していた。祖母の若いころの着物まで。その後、店は物資配給所として接収され、心の中で「この野郎」と叫んだのを覚えている。

強制労働もさせられた。特につらいのが四～六月のタラの一本釣り漁。早朝四時ごろ、村から約三〇キロの漁場に行き、木製の疑似餌を付けた綿糸を約五〇メートルの深さにたらす。しゃくり続けると軍手越しでも指に食い込み血が出た。四〇匹釣り上げるまで帰れず、休みなく働いても取り分はゼロ。家族には家にあったカビ臭いコメしか食べさせられず、悔しくて泣いたものだ。

憎きソ連人だが、友情を結べたこともある。一九四六年春、新任の二〇代の軍医に自宅の六畳間を貸すことになり、名前が覚え切れず「ドクトル」（医者を意味するロシア語）と呼んだ。こちらを警戒させないよう、家に入る時は腰の小銃を分解して見せるような男でね。軍の同僚から借りたレコードを流して一緒に踊り、お互いのことを夜通しで話すうち離れがたくなった。

彼はロシア語しか使わなかったが、一九四七年九月に北海道へ引き揚げる直前、前々から欲しがっていたガラス製のたばこ入れを渡すと、初めて日本語で「ありがとう」と言った。平和な時代に出会えていたらと今でも思う。（記者・神戸郁人）

【ソ連の北方四島占領】 ソ連は一九四五年八月九日、ヤルタ会談での密約にもとづき領土不可侵を定めた日ソ中立条約を破り、一方的に対日参戦。八月一八日の千島列島北端・占守島《しゅむしゅとう》への攻撃を皮切りに同二八日～九月五日に択捉、国後、色丹、歯舞群島の各島を占領した。

丸刈りの女性ら疲れ果て

――引き揚げ船の乗組員だった平田《ひらた》新二《しんじ》さん

（一九二三年五月二八日生。岡山県岡山市）

戦時中から貨物船の航海士をしており、終戦後の一九四五年一一月に、ＧＨＱ（連合国軍総司令部）の命令で京都の舞鶴港に招集された。残存していた数少ない陸軍の揚陸艇「ＳＢ一一四号」に一等航海士

として乗り込み、引き揚げ船として一九四六年一二月まで日本と韓国の釜山を二〇往復ほどした。

釜山港に集まった人は、満州から逃げてきた人がほとんど。自分の母親くらいの中年女性が多く、若い女の人は襲われんように頭は丸刈りでな。男は老人か子どもばかりで、一六歳以上の働ける男はソ連に連れて行かれて一人もおらなんだ。

大きな荷物も奪われて、風呂敷ひとつだけ。みんな疲れ果てて、やつれた表情だった。同情しながら玄界灘を往復した。

腹をすかせた子どもたちのために、にぎり飯を乗組員に作らせた。トイレもない小さな船で、用を足す高齢者が海に落ちないよう支えたこともある。日本に親戚や知人のいない引き揚げ者は、これからどこへ向かうのだろうかと気になったが、考えてもどうしようもないことだった。

一四歳のときに日中戦争が始まった。戦争へ行かないで済むようにと親の勧めで商船学校へ入学し、船乗りの道を選んだ。それでも卒業後は半年間、横須賀海兵団で訓練実習の義務があった。教官で少佐以上の人らが「米国と開戦しても勝てん」と言っていたのを覚えている。

勝ち目のない戦争の中で海運会社に就職し、あやふやな米軍の潜水艦情報に耳を澄ませながら、上海や仁川、釜山、マニラ、シンガポールへと危険な航海を続けた。護衛船団が組まれても、自分が乗った小さな石炭だきの船はいつも遅れがち。戦局が悪化するにつれ、護衛船も少なくなり、同級生らの犠牲も増えた。

わしが生き残ったのは、まん(運)が良かったんじゃ。亡くなった友人たちの魂は、靖国じゃのうて、故郷の母親の元へ帰ったと信じている。(記者・角南圭祐)

【引き揚げ】 一九四五年八月の敗戦後、中国大陸や朝鮮半島、南洋諸島などから六〇〇万人以上の兵士や現地在住日本人が本土を目指し、一九四六年末までに約五〇〇万人が引き揚げた。舞鶴港のほか、仙崎港(山口)、博多港(福岡)などが上陸港となった。

終戦一週間後の惨劇
——樺太からの引き揚げ船で魚雷攻撃を受けた村上英正《むらかみひでまさ》さん
（一九三五年三月二八日生。東京都町田市）

私が生まれたのは樺太の恵須取《えすとる》（現ロシア極東サハリン・ウグレゴルスク）。一九四五年の八月になってソ連が参戦し、緊急疎開するため、家族と徒歩や鉄道で北海道への航路がある南の大泊《おおどまり》（現コルサコフ）を目指した。

　距離は約二八〇キロもある。昼間は戦闘機の攻撃を避けるため森に隠れ、夜になってから移動した。一九日にようやく大泊に着いたが、日本に引き揚げるための「第二新興丸」が出航するまでさらに二日間、港で待った。

　当時私は一〇歳。母と兄、弟、妹二人と一緒に乗船した。二二日午前五時ごろ、北海道留萌《るもい》沖まできたところでソ連の潜水艦による魚雷攻撃を受けた。右舷の甲板で眠っていたら、ドーンという大きな爆発音と同時に海水をかぶって目が覚めた。乗っていたのは約三六〇〇人。船倉だけでなく甲板にもあふれていたが、周囲の人たちは一瞬で海に振り落とされ、誰もいなくなった。

　私はくるまっていたシーツが船の端に引っかかり落ちなかった。でも暗い海にたくさんの人が浮かび、「ウォーッ」と叫んでいるのが聞こえた。甲板でも、応戦しようとする兵士と浸水する船倉から逃げてきた人でごったがえす状態になった時、三〇〇メートルほど後ろに潜水艦が浮かび上がった。

　誰かが「伏せろー」と大声で言った途端、機銃掃射が始まり、多くの人が目の前で倒れた。たった五〇センチだけ私の右にいた二〇代の女性は腹に弾を受けて死んだ。数分前に場所を譲ってあげた人だった。弾が耳をかすめる甲高い音は、今でもたまに夢に出てくる。

　潜水艦の攻撃は一時間ほど続いた。終わったころには既に東の空が明るく、北海道の西海岸が見えた。船は大きく傾いてはいたが沈まず、甲板ではみんな放心状態だった。私も家族も生き残り、留萌港へ向

かいながら山並みを見つめていた時、誰かが君が代を歌っていたのを覚えている。（記者・西村曜）

【留萌沖三船遭難事件】　一九四五年八月二二日、北海道留萌沖の日本海で、樺太から日本人避難民を乗せていた引き揚げ船三隻がソ連潜水艦の攻撃を受けた。小笠原丸と泰東《たいとう》丸は沈没、第二新興丸も大破し一七〇〇人以上が死亡したとされる。

返還で戦争が終わった
——終戦後に米統治の父島で暮らした大平京子《おおひらきょうこ》さん

（一九二一年一〇月三〇日生。東京都小笠原村）

小笠原諸島の父島に初めて入植したのは一八三〇年に来た欧米人たちだった。私はその中の米国人の子孫で、いわゆる欧米系島民。イーデス・ワシントンという名前だったが、政府の命令だったのか、戦時中に改名することになり、今の「京子」になった。

花嫁修業のため、島から大阪市に行った二年後に開戦してね。改名の際に郵便局の手続きで「米国人でしょ」と戸籍謄本を求められ、警察から「お父さんの髪の毛、赤くありませんか」と尋ねられたこともあった。日本人なのにねえ。

一九四三年に島に帰ったけど、空襲があって翌年には軍人以外の全島民約六八〇〇人が本土などに強制疎開させられた。私は東京の練馬区に行って、小銃の薬きょうを製造する工場で働いた。

終戦後、小笠原諸島は米軍が統治することになって、私たち欧米系島民だけが帰島を許された。帰ったのは一三〇人ほど。そのほかの島民は一九六八年六月に小笠原諸島がジャパンに返還されるまで二〇年以上戻れなかった。「帰れたら、その日に死んでもいい」。そう訴える人もいたのに。

思い返すと、米国の統治時代はほぼ不自由なく暮らしたわ。初めの数年間は食費とか何もかも面倒を見てくれたから。ただジャパンへ自由に行き来することや手紙のやりとりはできなくてね。元島民の友達に会いたくて、ずっと寂しかった。

ある日、家のラジオで小笠原諸島が返還されることを知ったの。本当にうれしくて。そのときの気持ちを箇条書きにした便箋をポケットに入れて、時折眺めて自分を慰めていた。昔聞いた音頭の節も付けてね。「願いかなって返還来る　さぞや皆さん　うれしかろ　うれしかろ」って。

返還後に昔の同級生が島にやって来た時のうれしさは言いようがないわ。二十余年抱え続けていた寂しさは消えた。そのとき私の中でやっと終わったのよ、戦争は。（記者・戸口拓海）

【小笠原諸島】　東京都心から約一〇〇〇キロ南にある三〇ほどの島々。一八三〇年に米国人らが父島に入植した。一九七六年に日本領土と国際的に認められ、欧米系島民は日本国籍を取得した。アジア太平洋戦争後の一九四六年から六八年まで米軍が統治した。

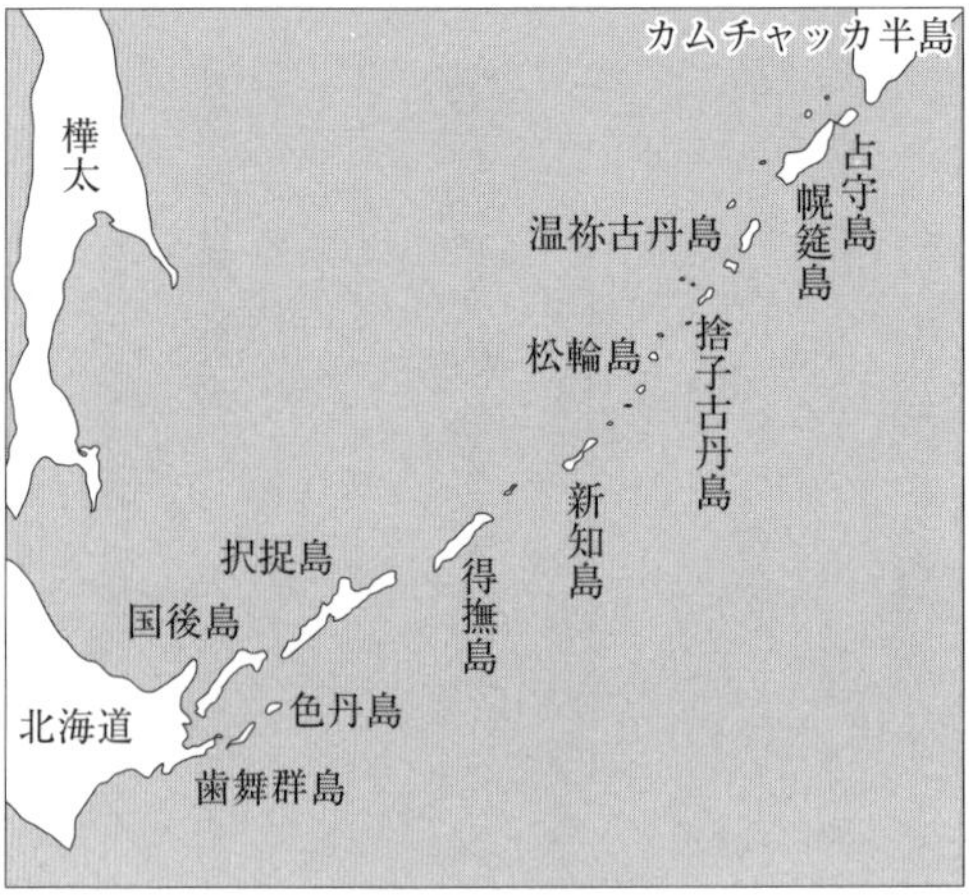

地図３　北方諸島

地図４　抑留者の収容所があった主な都市
（旧厚生省資料などから作成）

第Ⅱ部　戦場となった日本

1 「総力戦」の現実

「虫のように死ね」

——陸軍士官学校最後の六一期生だった戸《と》塚《つか》新《あらた》さん

（一九二八年七月二四日生。東京都世田谷区）

一九四三年に（日本の同盟国だった）イタリアが降伏し、「これはどうやら大変だ。男なら戦争に行かなければ」と思い、陸軍士官学校受験を決めた。海軍の七つボタンの制服がかっこよくて、たいていの人は海軍兵学校に行きたがったが、私は溺れ死ぬのが怖くて陸士しか受けなかった。

一九四五年二月に六一期生として入校した初日、教育係の区隊長が「明日にも米軍が上陸してきたら、一人で一〇人殺して死ね。殺し方をこれからたっぷり教えてやる」と訓話した。これはすごい所に入ったと思ったが、後日聞いた中隊長の訓話はもっとすごかった。「貴様らは正規の陸軍将校になるのだから特攻隊のような華々しい死に方を望むな。そういう死に方は学徒から来る予備士官に渡してやれ。貴様らは靴に踏みつぶされる虫のごとく死ね」。この言葉は後の私の人生観に確実に影響を残した。

七月末に、空襲を避けるため群馬県の榛名山の麓に疎開して演習することになった。われわれが（当時学校のあった）朝霞（埼玉県）を出発した八月一〇日はソ連の対日参戦が伝えられた日だった。北へ向かう汽車に乗り込むわれわれを、一般の人はソ連と戦争しに行くと思い込み「頼みますよ」と激励してくれた。

実際には戦うこともなく、終戦を迎えた。兵隊が生きたまま戦争が終わるという事態を全く想定していなかったので、ぼうぜんとした。玉音放送が終わった一五日の午後は何をしたのか記憶がない。

二週間後、マッカーサー元帥が厚木に到着し、われわれは復員した。東京へ帰る汽車の中では、出発時とは正反対で皆にさげすまれた。わずか二週間で人はこうまで変わるのかと思った。

自宅に戻ってすぐに皇居に行くと、敗戦の報告に来ている軍人がたくさんいた。頭上を米軍のB29爆撃機が爆弾倉を開けたまま次から次と飛んでいった。これで本当に負けたと思った。（記者・沢井俊光）

【**陸軍士官学校**】　旧陸軍で少尉以上の将校を養成する教育機関として一八七四年に開校。終戦までに約五万人が卒業した。学費不要で倍率が高く試験は難関だったという。成績優秀者は陸軍大学校に進みエリート将校として戦争指導に当たった。

死ぬな、探り続けろ

――陸軍中野学校でスパイ教育を受けた斎藤《さいとう》津平《つへい》さん

（一九二三年七月一五日生。新潟県新潟市）

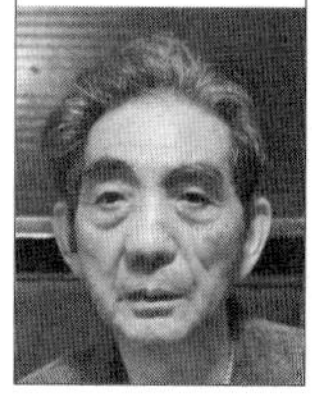

京都帝国大学（現京都大学）から学徒動員され、終戦の年の一月に東京・中野の陸軍中野学校に入った。スパイとは人聞きが悪いが、戦局を左右しうる重要な任務だ。敵国だろうとどこへでも行き、二度と帰れなくてもいいと覚悟した。

入るなり軍服を取り上げられ、髪を伸ばせと言われた。民間人になりきれと。敬礼なんてもってのほかで、ご真影があっても知らんふりだ。

教官の言葉に耳を疑った。「捕虜になってでも生き残れ」。一億玉砕と叫んだあの時代に命を惜しんで降参しろとは。でも捕まっても内部から敵情を探れるし、うその情報を流してかき乱すこともできる。スパイは生きて戦い続けろ。死ぬことは許さんと。

情報操作に破壊工作、外国語や格闘術、毒物の知識まで、さまざまな技能をたたき込まれた。例えば人間と悪魔の駆け引きを描いた戯曲「ファウスト」を参考に交渉術を学んだり、ラジオのピアノ演奏に隠された暗号を読み解いたり。飛行場など軍の施設を敵の基地に見立て、潜入したことも。見つかれば射殺されかねなかった。

過酷な毎日に、私も同期生も、鬼のような険しい顔つきになっていたと思う。若い人には信じられないだろうが、国を守ろうと必死だった。

七月に卒業後、故郷の新潟に赴任し本土決戦に備えた。外地にスパイを送るどころではないほど戦況が逼迫《ひっぱく》していたことは、しばらく前から分かっていた。そしてすぐに終戦だ。

一四〇人いた同期の消息はほとんど知らない。中野学校の存在は機密だった。「黙して語らず」で任地へ散ったきりだ。暗殺や謀略といったイメージから家族にすら怖がられることもあり、私も多くの卒業生も口を閉ざしてきた。長い時間が過ぎたがね。

いつからか木像を彫るようになった。一刀ごとに仲間の幸せを願って。七福神やマリア様、観音様。玄関に並んでほほ笑んでいるよ。（記者・徳永宗久）

【陸軍中野学校】 主に外国で諜報《ちょうほう》など情報戦に従事する工作員を養成した専門機関。校名は東京・中野にあったことに由来。学生の多くは一般大学出身者から選ばれた。防衛研究所によると、軍内でも極秘とされ、史料はほぼ残っていない。

恐れられた存在、自ら志願

——終戦間際の憲兵学校を知る吉田《よしだ》守男《もりお》さん

（一九二三年一二月一三日生。兵庫県福崎町）

東京・中野の陸軍憲兵学校に入ったのは一九四五年三月、終戦五カ月前だった。軍隊内の規律維持にスパイ行為監視、共産党の動向把握……。その存在は皆に恐れられていた。仕事の中身は知っていたが、自ら志願した。

それまでの岡山の工兵隊での生活が苦しくて。爆薬を付けた木を敵方の戦車の下に敷いて逃げる訓練とか。壕を掘る作業では、一番遅いと山をおりる時に全員の荷物を持たされる。体が小さかったからきつかった。食事も古い兵隊が優先。「憲兵になればこんな苦労はしない」と考えた。

憲兵学校の試験は熱海の旅館で受けた。筆記と面接で「工兵の本領を示せ」といった内容。暗記していたから苦労せずに合格できた。普段威張っていた上官が「よろしく頼む」なんて急に態度を変えたのが愉快だった。

　憲兵学校では、上官と一緒に学校の周囲を歩いている時、突然「今すれ違った車は何色でどんな形だったか」「ナンバーは？」と質問されることがあった。通り過ぎた人の様子を聞かれたり。事前には何も言われていない。答えられず怒られるということもないが、訓練の一種だったのかね。うかうかと一緒に歩けんと緊張した覚えがある。

　でも共産党の思想や特徴を教えたりするような授業は特段なかった。スパイ行為取り締まりの指導もない。乗馬や射撃の訓練も上官が「今日はこれまで」と早々に打ち切ることもあった。終戦間際で乱れていたのかな。

　八月になり、卒業しないまま京城（現ソウル）の憲兵隊司令部に派遣された。到着するまでは大変だった。新潟から乗った船が攻撃を受けて海に投げ出されたこともあったし、ようやく着いた朝鮮半島の清《チョン》津《ジン》は空襲で火の海。よく死ななかったなあと。京城での仕事は電話の交換手で、結局本来の憲兵としての仕事はせずに終戦を迎えた。それでも帰国後は戦犯とされ、約三年間公職への就職を禁じられた。

（記者・阿部拓朗）

【陸軍憲兵学校】　軍組織での警察活動などを任務とする憲兵の養成を目的に東京・中野に置かれた。生徒は軍人の身分があるものに限られ、憲法や陸軍刑法などを学んだとされる。諜報、防諜に関する訓練を目的とした陸軍中野学校とは別である。

親にも極秘で偽札づくり

——陸軍・登戸研究所の研究員だった川津《かわづ》敬介《けいすけ》さん

（一九二二年二月二八日生。栃木県小山市）

一九三九年、東京府立工芸学校（現都立工芸高校）を一七歳で卒業し、その後、第九陸軍技術研究所

（通称・登戸研究所）で働いた。

研究所内では風船爆弾や殺人光線の研究が行われていた。配属された第三科は偽札製造部門で、中国の偽札やソ連の偽造パスポートづくりに携わった。その建物は関係した人以外に活動を知られないようにするため、小高い丘の上で刑務所のように高い塀で囲まれていた。親、きょうだいにも極秘だった。

偽札は簡単につくれた。二〇畳程度の作業部屋に彩紋彫刻機と転写機があり、私の担当は彩紋彫刻機だった。何十もの歯車を組み合わせて線を交差させ、紙幣に使う模様をつくる。偽札はニンニクや泥で汚し、実際に使用されたように見せかけることで完成度を次第に高めていく。目的は中国経済を混乱させること。作戦は「杉工作」と呼ばれた。当時の中国には、あちこちから本物に近い偽札やひどい偽札が入ってきたと聞いている。

一九四二年、数十箱の木箱に詰めた偽札を中国へ運ぶのに同行した。長崎港で船に積み、米国の潜水艦を避けて上海へ行った。満州国を経由して日本に戻る時も、研究所の身分証明書があれば列車の切符はいらず、憲兵にも「ご苦労さん」と声を掛けられるだけで、フリーパスの状態だった。

研究所には食べ物もあり、すき焼きを食べたこともある。私は教員免許を取るため日大の夜学に通っており、いつも駅まで若い数十人の男と一緒にトラックで送ってもらっていた。それぐらい優遇されていた。でも敗戦後、陸軍の命令で資料を処分することになり、今は手元に何も持っていない。

戦争は、ばからしい。どれだけ多くの人が死んだことか。当時の若者はみんな「戦争に行けば死ぬ」と思っていた。私は研究所にいたから召集されず、言いにくいが幸運だった。「助かった」とつくづく思った。（記者・宮野翔平）

【登戸研究所】 川崎市にあった陸軍の秘密研究所。一部敷地は明治大生田キャンパスとなり、資料館として保存されている建物がある。生物化学兵器などを研究し、アジア太平洋戦争で秘密戦の中枢を担った。偽札は約四五億元製造したとされる。

資源不足、石炭から石油
――国策企業の工場で働いた国分《こくぶん》繁夫《しげお》さん
（一九二六年四月六日生。北海道滝川市）

一九四一年、北海道滝川市に「北海道人造石油株式会社」という石炭から石油を作る工場ができた。私は翌四二年から工員となり、石炭を燃やすコークス炉などを担当した。石油不足を補うためにつくられた国策企業で、「東洋一」といわれるほど大きな炉だった。

人造石油は石炭を燃やして出るガスを液化してできる。当時の同盟国ドイツ発祥の技術で、工場には四人ほどのドイツ人技師がいた。日本人技師らも帝大出身のエリートばかりだった。

勤務は四人ずつの二交代制。ガスは温度によって質が変化するため火力の調整に気を配った。炉の直径は相撲の土俵ほどもあり、高さはビルの三～四階分だったと思う。

ガスには一酸化炭素（CO）が含まれていたため、ガス漏れで工員が倒れることも珍しくなく、私も一度倒れた。検知用に工場ではカナリアを飼っていたが、すぐに死んでしまって使いものにならなかった。

工場は町一番の大きな会社で従業員も一五〇〇人はいただろう。国策企業だからか配給も優先的で、終戦間際でさえ日本酒が手に入った。工員には「嫁が喜んでやって来る」とされ、街の人々には憧れの存在だった。

私は発生したガスをタンクにためるまでが仕事だったので、その先できちんと石油ができたのか、何に使われたかは分からない。当時は「お国のために働けている」という誇りを感じていた。

しかし一九四五年六月に徴兵され樺太（現ロシア極東サハリン）でソ連軍と戦った時、日本の石油のなさには驚いた。ソ連の飛行機はばんばん飛んで来るのに日本機は全く飛ばない。これじゃ戦争にならんと思ったね。

実は戦争中の資材不足で工場はフル稼働できていなかった。三つあるはずの炉も一つは建設途中。人

造石油では終戦まで必要な石油量を補うことはできなかった。日本は石油の量が桁違いの相手と戦っていたんだ。（記者・西村曜）

【人造石油】　滝川市美術自然史館によると、国内外の一八工場で一九四二～四三年ごろ、当時の年間石油需要の六・八％に当たる約二〇万トンを石炭から製造。滝川工場は現在の価値で約一兆円を投じて建設され、戦車や潜水艦用の燃料を製造していた。

黒い顔で笑い合った

――広島・大久野島の毒ガス工場に勤務していた伊《い》藤《とう》大二《だいじ》さん

（一九二三年一二月一〇日生。大阪府吹田市）

瀬戸内海に浮かぶ大久野島の毒ガス工場に陸軍軍属として就職したのは、山口県の宇部工業学校を卒業した一九四一年、一七歳の春だった。火薬工場と聞いていたので、島に行って初めて毒ガスを作ると知らされ、びっくりした。決まったことだし戦争中だし、頑張らなきゃいかんと思った。

島にはたくさんの施設が並んでいた。私は化学工として「茶一号」と呼ばれていた猛毒の青酸の工室に配属された。青酸ガスを作り、冷やして無色透明の液体にする。それを約四〇〇ミリリットルの丸いガラス容器に詰める。戦車にぶつけると中身が散り、吸い込むと即死するといい、シンガポールに随分送ったらしい。私たちは夏でもゴム製の服を着て長靴を履き、防毒マスクをして作業した。ガス漏れ検知のためのジュウシマツは、私の時だけで五～六羽死んだ。

島では顔が黒い人が多かった。工室内に漂う毒ガスが汗に溶け込み、色素沈着するから。同僚と「おまえもだいぶ黒くなったなあ」と笑い合った。屋外でも風のない日は排ガスが漂い、目がチカチカした。目薬とうがい薬は手放せなかった。

他の工室も回った。「黄一号」と呼ばれた致死性のイペリットを連続製造する実験中、右手首に液が付いた。右腕は真っ赤に腫れ上がり、気分が悪く目が開けられない。体中が化膿して医務室に即入院。痛くてね。父が見舞いに来たが、軍医は「色が黒いのは薬を塗っているからだと言え」と。毒ガスのことは一切秘密で口外したら憲兵に引っ張られる。一九四四年九月、陸軍に入隊して島を離れ、東京で終戦を迎えた。

戦争に勝たにゃいかんと一生懸命だった。戦死を覚悟する中、人生が凝縮された青春の日々。とはいえ、中国では私たちが作った毒ガスで一般の女性や子どもらが被害を受けていると知り、責任を感じる。私も慢性気管支炎に苦しんでいる。同僚は体験を語る機会もなく、みんな亡くなった。（記者・錦織信子）

【大久野島】　広島県竹原市の沖約三キロにある周囲約四キロの島。一九二九～四五年、陸軍の化学兵器工場が設置され、致死性のルイサイトや催涙ガスなどが製造された。軍事機密のため地図から消されたことも。現在はウサギの島として知られる。

校舎が秘密兵器工場に
——学徒動員で風船爆弾を造った伊藤《いとう》澪子《みおこ》さん

（一九二八年九月一一日生。愛媛県四国中央市）

太平洋戦争末期に愛媛県四国中央市の県立川之江高等女学校（現川之江高校）で、同級生と「風船爆弾」を造った。直径約一〇メートルの紙製の気球に爆弾を載せ、米国本土まで飛ばす旧日本軍の兵器。当初は軍事秘密として何を造っているのか知らされていなかったが、幼少時から戦争は日常だったので疑問を持つことはなかった。感覚がまひしていたと思う。

放課後に、和紙の原料となるコウゾの皮をはぐ作業が始まったのは一九四四年六月。当時は最終学年に当たる四年生だった。修学旅行は中止され、秋からは授業もなくなり、朝から晩まで和紙を貼り合わせて気球を造った。作業は翌年三月まで続いたが、親にも口外しないよう厳命され、校舎は秘密工場になった。

和紙は耐久性を高めるため複数枚重ね、パーツごとに裁断してこんにゃくのりで球形に仕上げる。のりを広げる際に紙を強く押すため、指の皮が薄くなり指紋は消えかかった。「罪を犯しても、ばれないね」と、軽口を友人とたたき合った。作業台のさび止めのための漆にかぶれ、生死の境をさまよった友人もいた。

作業中は皆、質素なもんぺ姿で、額には白い鉢巻き。入学前は先輩のセーラー服姿に憧れていたけれど、着ることはなかった。コメは配給制で読む本も限られたが、不満は感じなかった。日本が勝つために何ができるか、真剣に考えていた。

だからこそ、一体自分が何を造っているのかが気になった。いつまでたっても兵器としか教えてもらえず「私たちだけ知らないなんてずるい」との思いが募った。ある日、人けがなくなったのを見計らい、作業の指導役を問い詰めて、気球型の爆弾だと聞き出した。

答えに一応は納得したが、明確な「戦果」を耳にしないまま敗戦を迎えた。米国で六人が死んだことを知ったのは戦後しばらくたってから。爆弾を造った日々がよみがえり心底震えた。（記者・李洋一）

【風船爆弾】 山田朗・明治大教授（日本現代史）によると、和紙の生産地やその周辺で造られ、偏西風を利用して米国本土を狙い約九三〇〇発を飛ばした。約一割が到達したが、オレゴン州の住民六人が死亡したのが唯一の人的被害とされる。

児童も協力した戦争

——銃弾を入れる袋作りに携わった丸岡《まるおか》布《ふ》民子《みこ》さん

（一九三四年五月三〇日生。京都府城陽市）

京都府の木津町立木津国民学校（現木津川市立木津小学校）の四年生だった一九四四年、月に一度だっ

たか、学校から一時間ぐらい歩き、精華町の祝園にあった「兵器所」と呼んでいた場所で銃の弾を入れる袋作りをしていた。

小さい落下傘のような三角形の布を四角に切り取って半分に折り、中に弾を何個か入れてから周りを針で縫う。当時は一〇歳ぐらいで、まだ裁縫もできないから目も粗く、絹の布が縫いにくかったのを覚えている。

袋は一五センチ四方ぐらいで、軍服のポケットなんかに入る大きさだった。上級生の方がきれいに縫えるのだろうが、それだと戦場で簡単に引きちぎれない。だから、わざと上手でない四年生を使っていたと後で聞いた。

兵器所はガラス窓が多い明るい部屋で、袋作りは女の子ばかりでしていた。男の子は弾を運んでいたと思う。いつ爆発が起きるか分からない危険なことをしていたが、帰りにもらえる乾パンが楽しみだった。

五年生になると、米国のB29がよく飛んできた。みんなで近くの木津川の砂地にサツマイモの苗や大豆なんかを植えに行き、戦闘機の機銃掃射を受けたこともあった。低空で飛ぶパイロットの顔が見えるほどで怖かったが、誰も撃たれないのを不思議に思った。

一九四五年三月の大阪大空襲のときには、ものすごい数の爆撃機が西へ西へと飛んで行き、晴れていた空が見えなくなった。約三時間後には、今度は空が燃えるように真っ赤になり、灰も飛んできた。大阪の軍需工場に徴用されていた父は死ぬ覚悟をしたと言っていた。

終戦直前は米国が空からまいたビラを拾って驚いた。白くてきれいな紙に「こんな戦争はやめましょう」といったことが毛筆体で印刷されていた。小学校で使っていたのは、すぐに破れる黄色いわら半紙。子どもながらに、日本は戦争に負けるのかなと感じた。（記者・日向一宇）

【国民学校】　一九四一年に従来の小学校を改組して設置された。初等科六年間が義務教育とされ、高等科が二年間。教育勅語による国家主義的な教育が行われ、竹やりなどを使った軍事訓練も実施。戦後の学制改革で廃止された。

盲目の少年の思い出

――少女時代に鳥取連隊区司令部で働いた西尾《にしお》宣子《のりこ》さん

（一九二七年六月二七日生。鳥取県鳥取市）

一九四五年春、「蛍の光」ではなく「海ゆかば」を歌わされ、女学校を卒業した。同級生は勤労動員で工場に働きに出たが、私は鳥取地震（一九四三年九月）で自宅が倒壊した際に左手の親指を失っていたため、工場の仕事には向かないとされ、鳥取連隊区司令部（鳥取市）の動員室で働くことになった。

動員室での仕事は、名簿から赤紙（召集令状）を送る相手を選ぶ手伝いだった。動員室には司令部の兵隊五、六人がいて、私は言われるままに分厚い帳簿から人名を探し出した。

この頃の動員室は、鳥取県立盲聾唖《もうろうあ》学校（現在の県立鳥取盲学校、鳥取聾学校の前身）の校舎を間借りしていた。学校には目や耳が不自由な子どもがいたが、ボールで遊べば「邪魔だ」、太鼓を鳴らせば「やかましい」と兵隊たちは怒鳴り散らしていた。「女、子どもは足手まとい」という世相の中、障害児への風当たりはなおさらだった。

忘れられない出来事がある。誰が弾いているのだろうか、夕方に必ず校舎二階から流れてくるオルガンの「いろはのいの字は命のいの字……」という曲。五月のある日、「うるさいから止めてこい」と上司の兵隊に命じられ、私はそっと階段を上がった。

オルガンの前に座っていたのは一〇歳くらいの少年。私が近づくと、驚いて立ち上がり、その拍子に何かが大きな音を立てて床に落ちた。ブリキでできた、点字の楽譜だった。目が見えない少年は毎日、左手で点字を触りながら、右手で鍵盤を弾いていたのだ。

その後すぐに動員室の仕事を辞めたため、少年がどうなったのか分からない。あの子は戦時中、どんな思いで暮らしていたのだろうか。肩身の狭い、つらい思いをしていただろう。

ひとたび戦争になれば女性や子ども、障害者らがどうしても弱い立場となり、さげすまれる。そうい

う社会であってはならないと強く思う。（記者・石川瑞穂）

【赤紙】　戦時中、動員令により旧日本陸軍から発行された召集令状の俗称。赤色の紙に印字されていたことからこう呼ばれた。本籍地の連隊区司令部名で集合の日時や場所、部隊名が書かれ、部隊所在地までの鉄道無料乗車券も付いていた。

棒で殴られ、鼻焼かれる
――治安維持法違反で逮捕された西川《にしかわ》治《じ》郎《ろう》さん

（一九〇九年三月二八日生。大阪府貝塚市）

伊藤博文が殺された一九〇九年、三重・伊勢の漁村に生まれ、一三歳で大阪の商店へ奉公に出た。クリスチャンの店主夫婦が教会に連れて行ってくれ、夜学にも通わしてもらって。トルストイなんかの本にも接することができて、普通の小僧さんよりはいくらか変わっとったんでしょうね。

牧師になろうと、同志社大を経て横浜の関東学院神学部に行ったが、満州事変で考えが変わった。日本のキリスト教者は戦争を容認し、満州国に教えを広めるため軍の手先になった。それに反対する考えを幹部に伝えたら学校を追い出された。

東京に出て日本戦闘的無神論者同盟という組織の職員になった。この団体は特高警察ににらまれていたが、私は文化活動のつもり。東大宗教学科出身の学者にも会えていい勉強になった。

小林多喜二が殺され、日中戦争に南京事件……。治安維持法もだんだん強化された。結婚して都内に下宿していた一九三四年一月のある夜、警察官が十手のような物を持ち飛び込んできた。炭火に当たって本を読んでいたら「逮捕だ」と。寝ていた家内と二人、共産主義団体に属した思想犯として体一つで連れて行かれた。

桜の木の棒で殴られ、鼻の下を何度もろうそくで焼かれた。今も痕が残っている。一一カ月くらい幾つもの署を回され、南京虫で体が真っ黒になり、皮が剝げた。

家内は先に釈放されたが、特高は女をなぶり者にする。嫌な思いをしたに違いない。起訴され、懲役二年執行猶予三年の判決。大阪へ戻り商売をしていたら、友達が作った社会主義のビラを持っていたとまた検挙され、約二年服役した。

憲兵や特高は治安維持法を使い、自治組織に入り込み国民を監視した。戦争を続け国体を維持するため、都合の悪い人間を刑務所に閉じ込めた。国の将来を担える人物が惜しげもなく特攻隊に送られた。不合理でめちゃくちゃな話だ。（記者・鮎川佳苗）

【治安維持法】 主に日本共産党の取り締まりを目的に一九二五年公布。三年後の改正で最高刑を死刑に引き上げた。思想や言論の自由の徹底弾圧に使われ、四二年から終戦直前にかけての横浜事件では雑誌編集者ら多数が逮捕された。四五年廃止。

2　本土決戦に備えて

大砲を実射、「戦争」実感
——砲兵の部隊に所属した清田《せいだ》甲五《こうご》さん
（一九二四年六月二四日生。新潟県阿賀町）

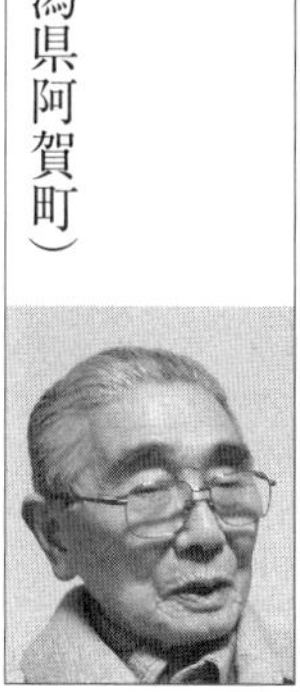

志願して旧日本陸軍に入隊したのは一九四四年四月。日本はまだ戦争の高揚感に包まれていた。新潟から上京してすぐ千葉県市川市国府台《こうのだい》で、約二〇〇人の同期と一緒に大砲などを扱う砲兵としての基礎を徹底的に教え込まれた。

四カ月もの間、朝から晩まで訓練。大砲に使う火薬の種類を覚えたり、攻撃対象との距離を測定したり。車で約一時間かかる別の練兵場では、実際に大砲を撃つ練習もした。初めて実射した時には「戦争に向かうのだ」と実感した。

適性によって担当が割り振られることになり、私は野戦重砲の部隊に。大砲と射撃先との距離を測って図面に書き込む観測兵になった。難しい数式などを駆使して正確な距離を算出する作業は、想像以上に頭を使うものだった。

その後、下士官候補者に合格し、一九四四年一一月からは東京・世田谷区で、近衛砲兵部隊の教育隊で幹部候補者として厳しい訓練を受けていた。でも一九四五年三月に東京大空襲に遭い、その後、国府台の部隊に戻った。あの日を境に部隊内にあった高揚感は薄れ、戦争への諦めのような雰囲気が漂い始めたのを覚えている。

それ以降は、海上からの米軍上陸に備える任務を命じられた。海岸線に陣取り、敵に上空から発見されないよう大砲の上に縄を張り葉や枝で偽装する。木で作った目標を海上に浮かべ、正確に狙う水際射撃の訓練を繰り返した。「どこそこの海岸から米軍が上陸するらしい」といった情報に踊らされ、相模湾や東京湾などを転々とした。「日本が負けるかも」と思うようになったのもこの頃だ。

終戦を告げる玉音放送は、部隊内にあった練兵場に集められ大型ラジオで聴いた。不思議と涙は出なかったな。その後、故郷の駅に降り立った時の恥ずかしさ、切なさと言ったら。「生きて帰って来てしまった」という気持ちが強かった。（記者・清田拓）

【砲兵】　陸上での戦闘を行う兵科の一種。さまざまな種類の大砲を使って敵を攻撃したり、味方の戦闘を援護、支援したりするのが任務とされる。旧日本陸軍には野砲、山砲、野戦重砲、機動砲、臼砲などを扱う部隊があった。

無我夢中でグラマン撃つ

――高射機関砲で本土防衛に当たった工藤《くどう》喜代作《きよさく》さん

（一九二五年三月二七日生。青森県平内町）

生まれ育った青森県平内町を出て、一九四五年二月に一九歳で陸軍に入隊した。見送りに来てくれた青年学校の校長から「喜代作は「喜ぶ時代を作る」男だ。戦争は大勝利で終わる」と声を掛けられたことは今でも忘れられない。誇らしい気持ちで列車に乗り込んだ。

千葉県銚子市で高射機関砲兵になり、訓練を繰り返した。任務はレーダー基地を守ること。海が見渡せる小高い山の上にあった小学校の校舎が兵舎となり、約七〇〇メートル離れた畑に約三〇〇〇メートルの射程を持つ高射機関砲六基が並んでいた。

そのころは、米国の戦闘機グラマンF6Fなどが、本土を空襲するため連日、太平洋側から押し寄せてきていた。砲手をしていたので、空襲警報が響く中で配置に就く。砲撃の音で鼓膜が破れないよう、綿を耳栓代わりにして戦った。弾幕で空が見えなくなり、砂が舞い上がる。上官が振るう竹製の指揮棒の先を目がけ、無我夢中で撃った。

とにかく食べるものが少なかった。部隊の食料を運ぶトラックの燃料は木炭。坂道を上れないので、少年兵が途中からロープで引っ張っていた。一方で、米軍の偵察機がまいたビラは賞状のように立派な紙だった。

ただ、負ける気はしなかった。力の差が歴然なことは分かっていたが、最後には「神風」が吹いて必ず勝つと信じていた。死ぬのも怖くなかった。今思えば精神的な刷り込み。マインドコントロールが一番怖い。

終戦を迎えたのは、川崎市の多摩川に架かる鉄橋の警備中だった。平内町に帰ると、防空監視をしていた人が自殺したと知った。まじめな人だったので敗戦に責任を感じたのかもしれない。

日本が七〇年間平和だったのは、戦争を放棄したからこそ。集団的自衛権の議論が進み、政治家はきれいな言葉を並べるが、戦争は生易しいものではない。きれい事ではすまない。兵隊に行った身として、歓迎しないね。（記者・守谷季浩）

【**グラマンF６F**】米国の航空機メーカー「グラマン社」が設計し、米海軍が第二次世界大戦中に使用した艦上戦闘機。グラマンF４Fの後継機として、対日戦線に投入された。零戦と戦ったことでも知られる。

本土決戦に備え自爆訓練
——学徒出陣で陸軍に入った和田《わだ》実《みのる》さん

（一九二五年一月一三日生。東京都渋谷区）

太平洋戦争が終盤に差し掛かった一九四四年六月、慶応大を休学して学徒出陣で陸軍に入隊した。まもなく、米軍の上陸に備えるため茨城県の鹿島灘を防衛する陸軍部隊に配属された。鹿島灘は東京に近く、直線の海岸線が続く。米軍が上陸してくるとしたら、ここが有力だと言われていた。

でも対抗しようにも、われわれにはすでに戦車や十分な武器弾薬もない。そこで考え出されたのが、地面に掘った穴の中に隠れて、戦車が来たら爆雷を抱いて下に潜り込んで撃退するという「特攻作戦」

だった。

訓練場は鹿島灘の海岸近く。まず「タコつぼ」と呼ばれる穴を掘る。その中に隠れ、米軍の戦車に見立てた大八車が通ると、「爆雷」を想定したミカン箱を抱いて、その下に入り込む。今から考えれば、ばかばかしい訓練だった。「こんなことで死ぬのは嫌だ」と思っていたし、同僚とは「これじゃあ勝てないのではないか」と話した。

兵舎に使っていたのは、近くの農家の養蚕小屋を改造した建物。軍隊というのは嫌な所でね。朝起きて井戸水で顔を洗っていると、上等兵から「そんな暇があるなら銃の手入れをしろ！」と殴られた。上官の命令は絶対。暴力で言うことを聞かせる。

訓練中は、よく米軍の戦闘機が飛んできて機銃掃射も受けた。木の陰に隠れ損ね、撃たれて亡くなった同僚もいた。艦砲射撃では、近くの工場が狙い撃たれ、ドーンとごう音が響いた。

私たちの部隊は幸いにして、自爆攻撃を実行することなく終戦を迎えた。東京に帰ると実家は空襲で焼けていた。がれきだらけの道を通って、東京・三田にあった大学に行くと、校舎の大半は空襲被害でぼろぼろ。「廃校になるのでは」と心配したが、「一〇月から学校を再開する。復員した者は復学届を提出せよ」との張り紙が目に入った。生きて勉強ができるうれしさをかみしめた。（記者・羽柴康人）

【本土決戦】　太平洋のサイパン島陥落を受け、大本営は一九四四年七月、「本土沿岸築城実施要綱」を策定。連合国軍の上陸が予想される青森・八戸付近や千葉・九十九里浜などに陣地を構築し、敵戦車に自爆攻撃する部隊の必要性も記された。

特攻召集に高揚感

——人間機雷「伏龍《ふくりゅう》」部隊行きを命じられた岡野《おかの》允俊《みつとし》さん

（一九二九年一月一五日生。愛知県小牧市）

旧制中学の授業で海軍飛行予科練習生を宣伝する映画を見に行った。金ボタンが七つ付いた制服が、

かっこよくてね。「これを着れば、女の子にもてる」と志を決めた。実際に入隊したのは一五歳だった一九四四年九月。一五期生だった。

滋賀県の海軍航空隊での暮らしは厳しかった。早朝の体操、兵舎の床磨きに手旗やボートの訓練。手を抜けば殴られ、兵舎の周りを走らされた。

一九四五年春、「いよいよ飛行訓練が始まる」と思った時、米軍による本土上陸作戦を上官から聞いた。時期は秋とされ、軍は飛行訓練を廃止し私たちに特攻行きを命じた。志願制だった特攻はこの頃、命令に変わっていた。

配属先は人間機雷「伏龍」特攻隊。爆雷の付いた棒を持って海中に潜み、上陸しようとする敵船を海中から突き上げ、自らの命とともに吹き飛ばす。そんな作戦を伝えられた。今の人には信じられないだろうが、「出番だ」とわくわくした。

長時間潜るには、吐いた息を酸素に変えるろ過装置の付いた特注の潜水具が必要だった。数が限られるため、横須賀か呉の海軍施設での訓練には順に呼ばれることに。召集が掛かった同期はみんな喜び勇み「あとは頼むぞ」と言い残していった。でも海中で呼吸がうまくできず、訓練中に死亡した事故も耳にした。

私にはなかなか声が掛からず、農作業や滑走路整備の手伝いをして順番を待った。ある日、上官に「いつになったら行けるのか」と聞くと「おまえは長男だろう。家督を継ぐ役目があるから後回しだ」と言われ、悔しくてたまらなかった。

焦りを感じながら過ごしていた夏の日、下宿先の寺に突然老人たちが集まり念仏を唱え始めた。それが八月一五日。上官に「負けたんじゃ」と告げられたが、実感が湧かなかった。今思えば伏龍など無謀な作戦。海軍は、兵士が最後の一人になるまで戦う決意を国民に示したかったのか。（記者・石田理絵）

【海軍飛行予科練習生】　予科練平和記念館（茨城県）によると、航空機搭乗員育成に向け若者に基礎訓練を行う制度で、一九三〇年開始。一四～二二歳の志願者を試験で選抜。終戦までに約二四万人が入隊、約二万四〇〇〇人が戦地に赴いたとされる。

別れのつらさ、何も言えず
――特攻隊基地の整備兵だった柳井《やない》政徳《まさのり》さん
（一九二六年三月一八日生。埼玉県北本市）

特攻隊員の目から一筋の涙がこぼれたのを鮮明に覚えている。「長い間世話になった。みんなによろしく伝えてくれ」。一九四五年四月。二二歳の少尉は山口県の小月飛行場で私にこう言い残し、鹿児島・知覧の飛行場へと向かった。

私は埼玉県の熊谷陸軍飛行学校桶川分教場で、終戦直前までの約五年間、整備兵を務めた。主に下士官や少年飛行兵らが操縦の訓練をする日々。私は十数機の飛行機の整備に追われていた。

分教場が特攻隊の訓練基地として使われるようになったのは、戦況が悪化した一九四五年二月ごろからだった。今思うと信じられないが、毎日、若者たちが死ぬための訓練をしていた。

三月末に一二人の特攻隊員が決まり、四月五日に分教場を一緒に出発した。私は中継地である小月飛行場まで、冒頭に話した少尉の特攻機に同乗することになった。

まず岐阜に立ち寄って一泊した際、宿で隊員と同行の整備兵六人で日本酒を酌み交わした。別れのつらさがこみ上げ、胸がいっぱいになって何も言えなかった。

その後、少尉は京都の実家付近を通過する際、突然低空飛行を始めたんだ。地上に目をやると、家族とみられる人たちが、家屋の二階の物干し台で日の丸の旗を振って見送っていた。半月後、少尉は知覧から突撃し、帰らぬ人となった。

一二人の隊員の中で一人だけ、飛行機の不調で結果的に生還した人もいた。でも彼は生き残った負い目からか、自身の経験を誰にも話さないまま亡くなったと聞いた。

私も同様の負い目を感じており、戦時中の体験は一生誰にも話さないつもりだった。だが数年前から、戦争を経験した人がどんどん亡くなっていく現実に危機感を抱いた。当時を知る自分が黙っているわけ

にはいかないと。今は戦争の悲惨さを語り継がなくてはと思っている。残りの人生で自分の役割を全うしたい。（記者・松本晃）

【特攻隊】爆弾を装着した航空機や潜水艇で敵に体当たりするために編成された部隊。戦況が悪化したアジア太平洋戦争末期、米軍への対抗策として日本の陸海軍に組織された。特攻隊戦没者慰霊顕彰会によると、特攻による戦死者数は六四一八人。

終戦翌日の悲劇

——震洋隊爆発事故を目撃した前田《まえだ》些代子《さよこ》さん

（一九二九年一月五日生。高知県香南市）

終戦当時、私は一六歳で安芸高等女学校（現安芸中高）に通っていた。家の近くの浜には震洋隊の基地があって、特攻兵が壕ばかり掘ってたぞね。この地区は戦争中あまり大きな被害もなく、夕方になると女学校の友達と浜へお弁当を食べに行った。

特攻隊の人も来て、お互い名乗らんけどいろいろ話したり、水切りで遊んだりして親しゅうしたわね。ふかしイモをあげると乾パンをくれて、それがおいしかった。

一九四五年八月一五日の玉音放送は家のラジオで聞いた。乾パンをしゃぶりながら、終戦言うても、これからどうなるのかって心配したね。

翌日の夕方、特攻兵が鉄の二輪車に直径一メートルぐらいの爆弾を積んで、うちの隣の路地を浜の基地の方へ走って行った。どうして降伏したのに爆弾積んで行くのかって思って家から出て見ていた。浜に行き着いた途端、火が出て爆発した。

爆風がすごかった。ピカピカと光ったら、音がバリバリって。自宅の屋根も落ちてくるから、必要なものが入ったリュックを背負って、近くの避難場所のトンネルに走って逃げたわね。特攻兵が担架で運ばれる中、爆風が来るたびに伏せて涙しながら。怖いなんてもんじゃない、必死だった。

翌日は家も何もバラバラよ。畑にも肉片が飛び散っていて。縄を張って、私のような女学生は入れてくれなかった。病人や年寄りまでもが軍手を渡されて肉片を拾うのを手伝っていた。あの光景を見たら、あまりにも突然で言葉も何も出ないぞね。特攻隊の人らがこうして死ぬことになるとは思わなかった。後に「敵部隊航行中、出撃せよ」と命令が出ていたと知ったけど、なぜなのかね。

この地区で震洋隊を語る人はほとんどおらんようになった。毎年の慰霊祭も来る人が少なくなって、もう今年からはこの地区の人だけでやる。けんど、私は震洋隊のことは忘れようと思っても忘れられんね。（記者・田北明大）

【震洋隊の爆発事故】 一九四五年八月一六日午後七時ごろ、高知県香南市夜須町にあった海軍第一二八震洋隊基地で発生。特攻兵が出撃命令を受け準備中、特攻艇「震洋」が爆発し一一一人が死亡した。終戦翌日に命令が出た理由は謎のままだ。

焼け落ちた宮殿

——近衛師団に所属して皇居の空襲に備えた新井《あらい》康一《こういち》さん

（一九二二年七月二二日生。埼玉県志木市）

戦局が悪化していた一九四五年五月二五日、東京で三日連続となる激しい空襲が午後一〇時二〇分ごろに始まった。皇居から見ると、集魚灯のような、目がくらむほどの明るい光がふらふらと揺れながら次々に落ちてきて、周囲の建物があっという間に炎に包まれていった。

当時は風速二五メートルを超える強い風が吹き荒れていて、桜田門を出た今の警視庁がある辺りからボールのような大きな火の玉がいくつも飛んできた。

私たちは空襲に備えて五〇人で消火隊を編成し、朝から宮殿の警備に就いていた。火が出たらすぐに消せるよう、広い宮殿の中だけでなく屋根の上にも隊員を配置していたが、強風で天井裏に入り込んだ火の粉から出火して、車寄せや儀式が行われる正殿などへ次々と燃え広がっていった。

宮中晩さん会などを行う宮殿内の豊明殿にまだ火が回っていなかったとき、上官が家具や備品などを搬出するように指示した。主な物を運び出した後で逃げようとしたが、外へ出る玄関や地下道が炎に包まれ、隊員の一部が取り残された。

私は当時、消火隊への命令を受領するために皇居正門脇の衛兵所へ派遣されていて難を逃れたが、火の海となって焼け落ちる宮殿をぼうぜんと眺めるしかなかった。

その後、宮殿の中庭にある丸池から見つかった遺体の中には、自分と同じ連隊の初年兵七人がいた。池の水は熱せられ、水面の上にも炎が渦巻いたようだ。酸欠状態にもなっただろう。

各地で空襲が激しくなる中でも、米軍の方針なのか、皇居が直接狙われることはなかった。宮殿の炎上は皇居で最大の被害。でも、焼け跡を視察された昭和の天皇陛下は「一切の責任を私が負う」と誰も責めなかった。

あれから七〇年が過ぎたが、新年の皇居一般参賀で新しい宮殿前の広場に行ったときには、お堀に近い木の下で手を合わせ、亡くなった戦友の冥福を祈っている。（記者・日向一宇）

【皇居の宮殿】　天皇陛下の公務や各種の儀式、国賓を迎えての宮中晩さん会などを行う場所。戦災で消失した建物は後に「明治宮殿」と呼ばれ、戦前の大日本帝国憲法発布式などの舞台となった。現在の宮殿は一九六八年に跡地に建てられた。

「お国のため」迷わず従軍

——看護学徒隊として沖縄戦に動員された名《な》城《しろ》文子《ふみこ》さん

（一九二七年三月三一日生。沖縄県宜野湾市）

「死んではいけない。生きて親元に帰り、戦争の悲惨さを後世に伝えてくれ」。隊長に学徒隊解散を

告げられた時のことを今も鮮明に覚えている。住民を巻き込み国内最大の地上戦となった沖縄で、多くの女子学徒が犠牲になる中、私がいた「ふじ学徒隊」は死者三人にとどまった。

積徳《せきとく》高等女学校四年生だった一九四五年三月、「お国のため」と迷わず従軍。空襲で看護訓練を切り上げ、豊見城《とみぐすく》市の野戦病院壕に配属された。

破傷風や腸チフスなどに感染した負傷兵の排せつ物を空き缶に入れて運んだ。傷口からはうじ虫がわいていた。高熱でわめく人や、いつの間にか息絶えている人もいた。

井戸に水をくみに行くと、艦砲射撃の弾が目の前を「シュシュッ」とかすめる。ある日、壕の出入り口で至近弾に飛ばされ、意識を失った。一命は取り留めたが、それから右耳は聞こえない。

戦況が悪化し、最南端にある糸満市の壕に撤退した。照明弾が上がる中を走りながら「神様、弾が当たるなら直撃して」と祈った。負傷して苦しむ人を見ても、助けてやれなかったから。逃れてきた壕も爆破された。日に何度もガス弾を投げ込まれ、水に浸したタオルで顔を覆い耐えた。

解散命令を受け「生き残っているのに、そんなことがあるのか」と思った。激しい戦闘の中に放り出された他の隊と違い、隊長は攻撃が落ち着くのを待って解散命令を出し、頼んでも自決する手りゅう弾をくれなかった。私たちが去った後、壕で命を絶ったという。

隠れていたサトウキビ畑を燃やされて米軍の捕虜になり、妹が「ひめゆり学徒隊」で集団自決したと知った。両親や姉、祖父も犠牲になった。「帰っておいで」という母の言葉を聞かずに従軍し、それきり会えなかったことを悔やんでいる。

私は隊長に生かされた命。遺志を継ぎ「命《ぬち》どぅ宝（命こそ宝）」の精神を語り継いでいきたい。（記者・富田ともみ）

※「ふじ学徒隊」は「積徳学徒隊」とも呼ばれているが、記事では名城さんの希望でふじ学徒隊を使用。

【沖縄戦の女子学徒隊】 一九四五年三～六月の沖縄戦で、高等女学校など県内一〇校の約五〇〇人が「ひめゆり」や「瑞泉《ずいせん》」など九つの看護学徒隊に動員された。負傷兵の看護や手術の補助などに従事。本島南部では約一九〇人が犠牲になった。

3　空襲——戦火の中の市民

ただ家に帰りたかった

——東京から長野に学童疎開した高橋《たかはし》登《と》女《め》恵《え》さん

（一九三三年六月一六日生。神奈川県茅ケ崎市）

一九四四年八月、国民学校初等科（今の小学校）五年の私と三年の弟は長野県平穏《ひらお》村（現山ノ内町）に学校の同級生と集団疎開した。実家は東京都豊島区のちょうちん屋で、出征軍人ののぼり旗の注文が増えて忙しく、親にはかまってもらえない。その時は友だちと遠出できてうれしかった。

疎開先は温泉ホテルだったが、風呂は行水程度。大広間は教室や食堂、男子の寝室に。女子は数人ずつで個室を使った。学校から同行した男の先生は軍人のようで、誰かのいたずらが発覚すると男子は並ばされ、連帯責任で全員ビンタされた。

ごはんのおかずは野菜が少しだけ。弟はいつも「おなかすいたよ」と言ってきた。今思えば、甘えたかったのだろう。先生になだめてもらおうと思って相談に行ったら、「戦時下なのにたるんでる」と投げ飛ばされた。

女の先生は病気で寝込んだ時、食事を運んできて食べさせてくれ、お母さんのようだった。それでも寂しくて、ただ家に帰りたかった。愚痴を言ってはいけない時代。毎晩みんな布団の中でしくしく泣いていた。寒さでできた霜焼けが痛んだ。

温泉街に白衣姿の傷痍軍人の姿が見え始めた一九四五年春、お寺に再疎開させられた。男女別だったため弟とは離れ離れに。畑にサツマイモを植え、食事や風呂の支度、食料の買い出しも自分たちでやった。

ある日、畑の近くの線路に、故障したのか上野行きの汽車が止まっていた。「あれに乗ったら帰れるね」。誰かが小さな声で言った。それきり思いを心の中にしまったまま、みんなでじっと見つめていた。つらかった。

疎開でひどい扱いを受けた人、疎開中に家が空襲に遭い孤児になった人、食費が納められず集団疎開できなかった人もいる。私は終戦後、無事に帰宅できたが、よほどひもじかったのか覚えているのは食べ物のことばかり。弟は疎開の話は一切しなかった。

（記者・錦織信子）

【学童疎開】 米軍の空襲に備え、都市部の国民学校初等科児童を郊外などの安全な地域に一時移住させた措置。親戚などを頼る縁故疎開が原則だが、一九四四年夏からは学校単位の集団疎開を実施。推計約六七万人が親元を離れ地方に移り住んだ（数字は、全国疎開学童連絡協議会への取材に基づいたもの）。

白い歯見せ笑った操縦士

――機銃掃射を受けた名古谷《なごや》進《すすむ》さん

（一九三六年九月一六日生。佐賀県唐津市）

操縦席のパイロットが白い歯を見せて笑っていたことは、今もはっきりと覚えている。福岡市の今宿国民学校三年だった一九四五年春。空襲警報が鳴るのを聞き、同級生と一緒に学校の外へと飛び出した。敷地内には陸軍の兵隊が駐屯しており、中にいると標的にされる恐れがあった。

「校舎の裏に逃げなさい」。担任の女性教諭に従って田んぼに逃げ込むと、米軍の戦闘機グラマンが機銃掃射をしながら低空で飛んできた。

教諭が「伏せて」と叫ぶのを合図に、あぜ道にうつぶせになった。「プス、プス、プス」。田植え前の湿った土に、弾がめり込む音がする。足元から頭の方へ高速で耳元を駆け抜けていった。

怖いもの見たさと、これで死ぬかもしれないという思いから、つい顔を上げてしまった。上空の機体に、操縦かんを握る男の姿が見えた。その表情は確かに笑っていた。

やって来たのは一機だけで、幸いけが人は出なかった。本気で撃ち込んできたのか、遊びで追い回しただけなのか、目的は分からない。

約六〇年後、女性教諭と再会する機会があった。口を開いた教諭は真っ先に尋ねてきた。「あのこと、覚えてる？」。一瞬にして当時に引き戻され、記憶がよみがえった。

「みんな本当によく生き残ったわねえ」。彼女もまだ一八歳か一九歳の代用教員だった。感慨深げに思い出をたぐり寄せていたが、それ以上昔の話に深入りはしなかった。

戦争が終わった後も、機銃掃射の話は誰ともしてこなかった。逃げ惑ったことを思い起こすと、気持ちがひどく落ち込み、立ち直るのに時間がかかる。女性教諭はあの日から六九回目の春に亡くなった。彼女への追悼の意味も込めて、少しは話をしておきたいと思った。

生と死をもてあそばれ、自分は戦争の前でどうしようもなく無力だった。心の奥底に押し込んだ感情は、七〇年がたった今も消化できずにいる。（記者・名古谷隆彦）

【機銃掃射】　歩兵や航空機などが装備した機関銃や機関砲で、地上や海上の目標を攻撃する方法。小銃単発射撃と比べて制圧範囲は格段に広い。移動速度の速い航空機による機銃掃射は、地上銃撃とも呼ばれ、狙われると振り切ることが難しい。

飛び交う炎、空は真っ赤に

――東京大空襲を経験した江《え》角《ずみ》恵子《けいこ》さん

（一九三六年八月二六日生。東京都江東区）

戦争中は下町の東京都深川区（現江東区）に住んでいた。両親と姉、弟、妹の六人家族。空襲警報が鳴り響くようになったのは、私が国民学校二年生だった一九四四年夏から。畳を上げ床下に穴を掘って防

空壕にした。

一九四五年三月一〇日未明、家の二階で寝ていたが、母の「今日はただ事じゃないよ」という声で跳び起きた。警防団（消防組と防空を担当する防護団を統合した団体。一九三九年結成）だった父は、消火活動のため鉄かぶとをかぶって外へ。私たち五人は床下の防空壕に入った。

軒下の隙間から見上げた空は真っ赤。黒い何かが落ちていることだけは分かる。今から思えばあれが焼夷弾だった。多くの人が「学校へ行こう」「公園へ行こう」と叫んでいるのが聞こえた。

父が家に戻ってから家族全員で逃げた。火の粉が舞うなんてもんじゃない。布団の切れ端などが、火の固まりとなって飛び交っている。街灯もないのに足元まで明るかった。

小名木川沿いに直径一〇メートルほどの円柱形のガスタンクがあり、「あそこに行こう」と言う父に従ってその陰に避難した。川を見ると、船が炎を上げながら流されていくのが見えた。強い風の中、四〇人ほどひとかたまりになってじっと過ごした。「友達は逃げられたのかな」。頭に降りかかる火の粉を両親に振り払ってもらいながら、そんなことを考えていた。

夜が明けると、火は収まったが、辺り一面に白と黒の煙が上がっている。恐ろしさを感じるよりも「これからどうしよう」との思いが強かった。

亡くなって倒れている人たちをよけて歩き、焼け残った学校に着いた。二階にいると、手が焼けただれ、まぶたが垂れ下がって口も腫れ上がっている女性が、母に「おばさん」と声をかけてきた。誰なのか名前を聞いても答えてくれず、しばらくしたら去っていった。亡くなった人も多かったが、私の目には、焼かれても生き残った人の姿が今も焼き付いている。（記者・前田新一郎）

【東京大空襲】 アジア太平洋戦争末期の一九四五年三月一〇日午前零時すぎに始まった焼夷弾による無差別爆撃。米軍のB29爆撃機約三〇〇機が現在の江東区、台東区、墨田区などを中心に攻撃した。推定約一〇万人が死亡、約二七万戸が焼失したとされる。

米軍機見て「日本は負ける」

――大空襲後に東京上空を飛行する偵察機を目撃した根《ね》本《もと》君《き》江《みえ》さん

（一九二九年一月一三日生。埼玉県所沢市）

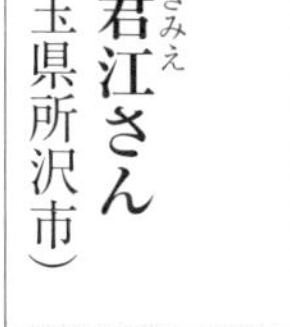

東京が火の海に包まれた一九四五年三月一〇日。夜が明けてから、米軍機がどれだけ焼けたか確認するかのように上空を飛んでいるのを見た。「日本は何をやっているのだろう」。初めて怒りがこみ上げた。

一六歳だった。通っていた商業学校の授業はなく、勤労動員で作業が続いた。作業場に歌手が慰問に来てくれたことを覚えている。友人と流行のレコードを聴いたり、好きな人を教えあったりしてそれなりに楽しい青春を過ごしていた。毎日のように空襲警報が鳴ったが、防空壕の中ではユーモアのある冗談を言う人もいて、戦争に負けるなど思いもしなかった。

大空襲があった夜は東京都台東区の自宅近くにあった友人宅に泊まっていた。警報が鳴り外に出ると、空を埋め尽くすほどの飛行機。いつもと違う空気を感じた。

でも、その夜の記憶はほとんどない。恐怖を飛び越え、感覚がまひしてしまったのだろう。朝になって隅田川の近くをうろついていたら、家族と偶然再会できた。自宅の隣に住んでいた一家は逃げ遅れて亡くなったと聞かされた。父は「焼けた無残な姿を見せたくない」と自宅に戻ることを許さなかった。父の引くリヤカーに弟とつかまり、黙って歩いた。

夜通し続いた空襲がうそのような青空が広がっていた。焼け残ったデパートの上空を米軍の偵察機がゆっくりと旋回している。きらきらと銀色に光る機体がきれいで、みんな魂が抜けたような顔でそれを見ていた。泣き叫ぶ声も何も聞こえなかった。負けるのだろう、と思った。

その後、卒業式を終えぬまま新潟県の親戚の元に疎開し終戦を迎えた。戦争が終わり、一番うれしかったのは夜も電気をつけて生活できるようになったこと。しばらくして大空襲で何人もの同級生が亡く

なっていたことを知った。卒業証書を受け取ったのは五〇年後の同窓会の時だった。（記者・根本裕子）

【米軍の写真偵察】 爆撃機Ｂ29を写真偵察用に改装したＦ13が、空襲の前後に上空から都市の写真を撮り、作戦に生かしたとされる。専門家によると、大空襲後の一九四五年三月一〇日午前一〇時三五分ごろ東京上空を飛行した記録が残っている。

妹のバックル、井戸端に

——長岡空襲で家族七人を亡くした原田《はらだ》新司《しんじ》さん

（一九三〇年六月二八日生。新潟県新潟市）

旧制長岡中学（現長岡高校）の三年生だった一九四五年四月から、同級生らと勤労動員先の製紙工場で働き始めた。不足していた鉄の代用品として合成樹脂のようなものをつくる作業に従事し、私を含めた約一〇人のグループは製品を乾燥する係を担当した。

八月一日はとても暑い日だった。いつも通り朝から夕方まで製紙工場で働き、夜は家族と一緒に自宅にいた。午後九時を過ぎたころ、警戒警報が鳴り、空襲から学校を守る警防要員だったので自転車で町外れの中学校に駆けつけた。

空襲が始まったのは午後一〇時半すぎ。学校に数発の焼夷弾が落とされた。「ひゅー」という空気を切り裂くような音がした。同級生数人と避難した田んぼのあぜ道から、火の海と化した長岡の市街地が見えた。

学校に戻って消火活動をした翌朝。焼け野原となった市街地には、人が焼かれたような独特な臭いが充満していた。自宅跡で、両親と祖母とみられる黒こげになった遺体が見つかった。

三歳、六歳、九歳、一二歳だった四人の妹は灰さえも残っていなかった。台所の井戸の脇で、妹の一人が身につけていたベルトのバックルが見つかった。水をくみに来て、そこで焼け死んだのだろう。

後に隣人から聞いた話では、父親は外で消火活動をしていたが、家族を助けるため自宅に飛び込んだという。玄関の地面が深くえぐれており、焼夷弾が直撃したのではないかと思う。

その後、避難先を訪ねてきた親戚のおじさんと灰になった自宅にあらためて足を運び、祖母と両親の遺体を焼いた。残った骨と妹のバックルは一緒に墓に入れた。

そのとき、涙は出なかった。「戦争だからやむを得ない」。普通の感情なんてどこかに吹き飛んでいたから。しかし時間がたつにつれ、街で見かける同年代の少女に、死んでしまった妹の姿を重ねてしまう自分がいた。（記者・清田拓）

【長岡空襲】　一九四五年八月一日午後一〇時半から二日午前〇時すぎまで約一時間四〇分続いた。B29爆撃機が、新潟県長岡市の市街地を中心に焼夷弾一六万発以上を投下。市街地の約八割が焼け野原となり、市によると、一四八六人が死亡した。

編み上げ靴が目印に
——名古屋の空襲で弟を亡くした和家《わけ》融子《ゆうこ》さん

（一九一八年八月三〇日生。千葉県船橋市）

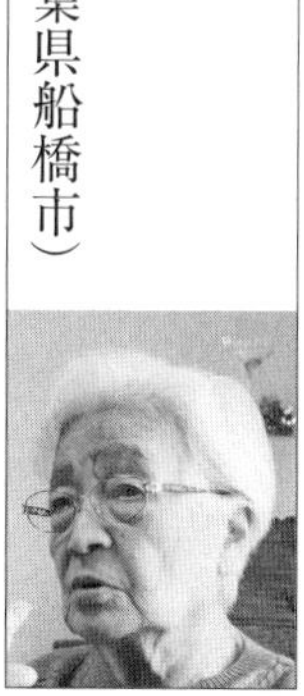

家に爆弾が落ちて、八人きょうだいの末の弟が爆死した。終戦間際だったと思う。遺体は、三カ所できた遺体収容所を兄たちが回って捜した。電柱に「収容所はここ」って書いてあって、ずらーっと遺体が並んでいたんですって。弟は新しい編み上げ靴を履いていて、その靴が目立ったの。それで見つけられた。

実家は今の名古屋市熱田区にある白鳥橋の近く。真ん前に大きな道路があって、川がすぐそばにある材木問屋だった。名古屋は軍需工場が多かったから何回も空襲があり、まず母屋が全部焼夷弾で燃えちゃって。その後、近くの小さいバラックみたいな持ち家に家族で住んでいた。

爆弾が落ちた時、私は二六歳。熱を出して寝ていた。警戒警報がすぐに空襲警報に変わり、敵機が見えた。母と私は一番近い、隣のうちの防空壕に入ったが、生き埋めになった。母と一緒に上に向かって「助けて」って。

逃げて無事だった兄たちが兵隊さんを呼んできて、「この辺りだろう」と掘り起こしてくれて助かった。三〇分くらい埋まっていたかしら。外から見たら周囲は一トン爆弾の爆風で真っ平らになっていたそうです。

家財道具が中にあって、そのおかげで壕が崩れなかった。そこにいたから私たちは助かった。母は私をかばって体中、内出血だらけになった。

高校生だった弟の伍郎だけがいない。兄たちが遺体を見つけて、母や私たち女性は、棺おけに入ってから会った。

収容所にはたくさん棺おけが来るけれど「寝棺」が少なくて、座った姿勢で入れる棺おけだった。そのせいか、あまり哀れに見えなかった。腕の衣類がめくれちゃって、そこにだけ傷があった。

伍郎は逃げ遅れたのね。どこでどう爆弾にやられたのか、結局よく分からなかった。母はそれでも「上の兄たちでなくてよかった」と言っていた。兄たちは家庭を持っていたから。（記者・鮎川佳苗）

【名古屋空襲】 工業都市だった名古屋市はアジア太平洋戦争末期、米軍による空襲を繰り返し受け、死者七八五八人、負傷者一万人超の被害が出たとされる。一九四五年三月には二度、市街地に大規模空襲があり、五月の空襲では名古屋城が焼けた。

遠くの空が赤く染まった

――空襲を避けて岡山に疎開した在日韓国人の表《ポ》海《ヘ》先《スン》さん

（一九一九年七月三〇日生。兵庫県神戸市）

日本に来たのは一四歳ぐらい。仕事をするためやった。韓国は貧しかったから。最初は愛知県の紡績工場で働き、一八歳で今の神戸市長田区に移って韓国人の夫と結婚した。

日本に田舎がなく、食べ物は配給頼みだった。列に並んでいると「朝鮮並んどる」「朝鮮汚い」とからかわれた。それでも「お国のため」と思い、武器を造るのに使ってもらおうと結婚指輪も差し出した。夫も鉄くずを集めて納めていた。「日本が勝ったらええな」。そんな風に考えていた。

生活が変わり始めたのは一九四四年の冬ごろ。夜中に何回も空襲警報が鳴った。電気をつけられず、家財を持って出ようとしても場所が分からない。寒い中、二歳と四歳、六歳の三人の子を起こして鉄道の高架下に逃げた。

同じ冬の寒い日、近くの工場に爆弾が落ちた。道に掘った防空壕に子どもを連れて逃げたが、何十人もいるからぎゅうぎゅう詰め。「ゴーン」と爆発音がして、大きな揺れが来た。「もう神戸にはいられない」。震えが止まらなかった。

一九四五年二月に知り合いの助けで岡山県邑久《おく》郡に疎開できた。夫だけは鉄くず集めのために神戸に残った。私たちは物置みたいな場所を借りて暮らした。配給がないから、毎日よその家を訪ね歩き、時には他の村まで行って食べ物を分けてもらう。「お金じゃいかん」と言われ、神戸から持ってきた靴なんかと交換した。

「神戸に爆弾が落ちよるね」。六月だったか。夜八時ごろ、ラジオを聞いた近所の人が知らせに来た。外に出ると、神戸の方角の空が夕焼けみたいに赤く染まっていた。神戸の街が燃えている。家が燃えてしまう、夫はどうしているだろう――。震えながら遠くの空が燃えるのを見ていた。

二日後ぐらいに夫が岡山に来た。煙で顔は黒く汚れ、目は真っ赤。神戸の自宅は食器を入れたバケツだけが残り、全部燃えてしまった。（記者・岩村賢人）

【神戸空襲】　一九四五年、神戸市や周辺地域を対象に数回にわたった大規模空襲。三月一七日と六月五日は特に被害が大きかった。神戸市の記録では死者約七五〇〇人だが、市民グループ「神戸空襲を記録する会」は八〇〇〇人以上としている。

突然、星が落ちてきたよう

――看護婦として岡山空襲のけが人に対応した臼井《うすい》孝野《たかの》さん

（一九二五年一月一日生。岡山県備前市）

突然、星が落ちてきたようだった。岡山空襲のあった一九四五年六月二九日未明。私は岡山医科大病院（現岡山大病院）で当直勤務中だった。皮膚科泌尿器科の副看護婦長を務めていた。

空襲警報も何もない不意打ちだった。死なない方が不思議なほど。病院自体は燃えなかったが、ソファに火が付いたら屋内が燃えてしまう。階段の窓を閉めて回った。木造の建物はものすごく燃えていた。

皮膚科泌尿器科は、一〇人以上いた医師の多くが召集され、当時は三人ほどしかいなかった。当直中だけでなく、昼間も空襲警報が出ると、白い服では目立つからと黒いもんぺに着替えた。

空襲でけがをした人が病院に集まり通れないほど。服が破れ血まみれの人。火を消そうとどぶに飛び込んで泥まみれの人。やけどの痛みでうめく人。地獄のようだった。

教授にカルテ作成を命じられ、「早く治療してあげればいいのに」と思ったが、教授は「こういう時でないとカルテをつくる価値はない」と言う。後で大学病院に安否を尋ねる人たちが訪れ、カルテによって無事が確認されたこともあった。「上に立つ人は冷静に判断しないといけないのだ」と感心した。

薬はあったが、ガーゼは洗って何度も使った。疲れたとかおなかがすいたとかいう覚えはない。とにかく必死。せにゃいけん使命があるから。疲れた記憶は一つもない。

先日、岡山空襲で母親を亡くした女性に会った。当時一歳で父親に背負われて逃げる最中、一緒にいた母親に焼夷弾が直撃したという。「母親の記憶がなく、どういうお母さんか知りたかった」と話していた。

戦争が無残さを突き付けた。岡山の空襲はひどかったが、こんなのが日本中で起きたなら、日本は滅ぶと思った。「同じ星　絆強めて　丸く生き」。国内

の絆、近隣との絆を作り、戦争だけはしてはいけない。（記者・徳永太郎）

【岡山空襲】　一九四五年六月二九日に岡山市であった大規模空襲。米軍資料によると、午前二時四三分～午前四時七分、B29爆撃機が焼夷弾約八九〇トンを投下し、市街地の約六三％が焼失。市によると、人口約一六万人のうち死者は少なくとも一七三七人。

怖いことばかり覚えてる

――戦時下で女学校時代を過ごした出《で》口《ぐち》五江《いつえ》さん

（一九二八年七月二二日生。山口県下関市）

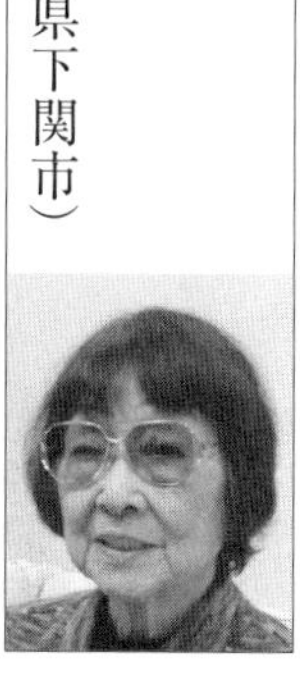

すでに日本の敗色が濃厚なころだった。当時、私は福岡県大牟田高等女学校（現県立大牟田北高校）の生徒。食料配給を受けるため大牟田市の自宅近くの神社に約二〇人が集まっていたら、遠くで飛行機の爆音が聞こえた。全員が慌てて防空壕に飛び込んだ。

「友軍機だ」。どこかで男の人が叫んだ。皆が歓声を上げながら壕を出て、近づいて来る五、六機の編隊に手を振った。うわさで「日本には、もう飛行機はない」って聞いていたから、すごくうれしかったの。

ところが編隊は一気に低く舞い降り、私たちに向かってバリバリと機銃を撃ちだした。米軍機だった。一緒にいた人たちがバタバタと倒れた。私はもう一度、壕に転がり込んで助かったが、一六歳か一七歳の身には死ぬほど怖い光景だった。

空襲後の町の様子もそうだ。B29爆撃機が焼夷弾を暗闇にまき散らし、夜が明けて壕から帰る途中、焼け跡で亡くなった人が倒れているのを見た。ろう人形みたいで、やけどもなく体はきれいだったが、なぜか裸だった。「どうしよう」「恐ろしい」。そんな思いが頭の中をぐるぐる回った。

学徒動員で、福岡県久留米市の「日本タイヤ」（現ブリヂストン）の工場に行かされたこともある。何も知らされなかったが、作ったのは小さなタイヤ。戦闘機用じゃないかと思う。でも覚えているのはそれだけ。逆に、工場近くのぜんざい屋にみんなで連れて行ってもらったことや、新品のズック靴をもらい、弟にあげたことは鮮明に記憶している。

結局死ぬほど怖かったことか、死んでもいいほどうれしかったことだけを覚えている。でも、うれしかったことは本当にささやか。良いことがない時代だった。今の若い女性は皆かわいいし、きれいだ。おしゃれして青春を楽しんでいる。私たちが望んでも、かなわなかったこと。素晴らしい。暗い時代は二度と繰り返しちゃいけない。（記者・出口修）

【学徒動員】 戦争後期、労働力不足を補うため国民学校初等科を除く学生、生徒が軍需産業などに動員された。旧文部省『学制百年史』によると、動員学徒の死者は約一万一〇〇〇人。三四〇万人超が動員先で昭和天皇の終戦の詔勅を聞いたとされる。

あと一日敗戦が早ければ

——大阪・京橋駅の空襲に遭った吉富《よしとみ》玲子《れいこ》さん

（一九三一年一〇月二六日生。大阪府東大阪市）

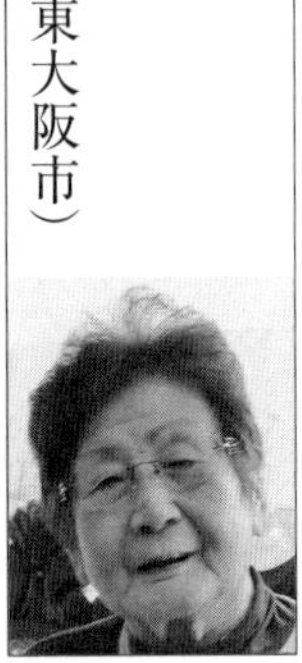

生き埋めになって薄れゆく意識の中で、私の名前を呼び続ける母の声を確かに聞いた。「玲子、玲子……」。私は奇跡的に助け出されたが、母はそのまま命を落とした。窒息死だった。

終戦前日の一九四五年八月一四日、私の家族は大阪市天王寺区の自宅付近から電車に乗った。赤紙が届いて兵庫県に向かう一番上の兄を、途中まで見送るためだった。

米軍機が爆弾を投下する「ザー」という音が聞こえてきたのは、京橋駅に乗り入れる時だった。車掌さんが何か叫び、電車のドアが開いた。あちこちで爆発の音がする。乗客が一斉にホームを走りだした。私も母に手をひかれ、後に続いた。

改札の辺りで防空頭巾をかぶり、座り込んだ瞬間だった。すぐ近くに爆弾が落ちた。建物の屋根が真上から崩れ、一瞬のうちに下敷きに。真っ暗で何も見えなくなり、身動きもできなかった。

　近くで高齢の女性がお経を唱えていたが、聞こえなくなった。事切れたのだろう。母が呼び掛けていたが、私は頭や足にけがを負っていたせいか、やがて気を失った。

　救助活動の声で意識が戻ったのは、日没のころになってからだった。がれきの中に空気の通り道があったのか、生きたまま外に出してもらうことができた。でも直後に見慣れた財布を手渡された。「お母さんのやろ」。それで母の死を悟った。

　一晩過ごした救護所はうめき声であふれ、息絶える大勢の人がいた。別の防空壕に逃げ込んだ兄も爆弾に体を吹き飛ばされ、命を落としていた。

　一生が狂ってしまったのは、戦争のせい。父はすでに病死していたし、明るかった母と優しかった兄を一瞬のうちに失ってしまった。食べていくのに必死で、いいことなんて一つもなかった。

　あと一日早く戦争を終わりにしてくれてさえいれば。原爆投下で大きな犠牲が出て、もう駄目だということはとっくに分かっていたはずなのに。（記者・新冨哲男）

【京橋駅空襲】　一九四五年八月一四日午後一時すぎ、米軍のＢ29爆撃機一四五機が大阪市に飛来し、砲兵工廠を狙い約七〇〇トンの爆弾を投下。近くの京橋駅（現ＪＲ大阪環状線京橋駅）のホームなどを直撃した。死者三五九人、行方不明者は七九人。

訓練にされた憤り

――模擬原爆の被害を経験した龍野《たつの》繁子《しげこ》さん

（一九二四年一一月一六日生。大阪府大阪市）

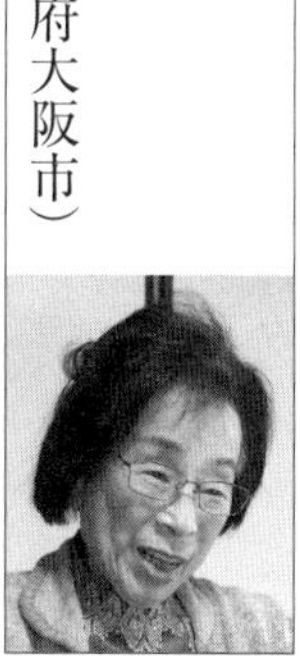

　道路沿いの電線から人の内臓が垂れ下がっている光景が、頭から離れない。一帯の家が消え去り、学校の講堂には犠牲者の体の一部や骨がたくさん並んでいた。それが、米軍が原爆投下の訓練で落とした模擬原爆のせいと知ったのは、五〇年近くも過ぎてからだった。

一九四五年七月二六日朝、師範学校を卒業して教師になった二〇歳の私は、大阪市立広野国民学校(現摂陽中)の一年生約二〇人と地元の工場の二階にいた。学徒動員による勤労奉仕のため授業は全く行われず、皆で海軍の制服用のボタンを作る作業をしていた。

経営者から「材料が不足していて、作業ができません」と言われたため、隣の部屋で勉強を始めようとした矢先に「バリバリバリ」とものすごく大きな音がした。見ると、さっきまでいた部屋の床に巨大な穴ができ、下の地面に直径一メートル以上はある石が埋まっていた。

約一五〇メートル離れた日本庭園の庭石だった。爆風の勢いで空を飛んで天井を突き破って落ちるなんて、想像もしていなかった。少しでもタイミングがずれていたら、どうなっていたでしょうね。あまりのショックに「助かって良かったね、良かったね」としか言葉が出てこなかった。

近くにあった自宅も傾きかけていて、帰ると母と姉が泣いていた。姉の親友の「トシちゃん」が犠牲になり、遺体の背中にびっしりと突き刺さったガラス片を「ピンセットで一枚一枚抜いたんやで」と聞かされた。面倒見が良く、この日の朝も薬を届けに寄ってくれ、私も「またね」と言って別れたばかりだった。ほかにも六人が亡くなり、大勢の人がけがをした。

悲惨な体験と向き合えず、ずっと逃げてきた。でも若い世代に語り継がなあかんと思うようになり、数年前から子どもたちにぽつぽつ話し始めた。原爆投下の練習材料のために、私たちがあんな目にあったのかと思うと怒りがこみ上げる。(記者・新富哲男)

【模擬原爆】 終戦間際、米軍が原爆投下訓練のため一八都府県に約五〇発を落とし、四〇〇人以上が死亡したとされる通常型の爆弾。長崎に投下されたプルトニウム型原爆とほぼ同じ形状と重量で「パンプキン(かぼちゃ)爆弾」とも呼ばれた。市民グループの調査によると、一八都府県は福島、茨城、東京、新潟、富山、福井、岐阜、静岡、愛知、三重、滋賀、京都、大阪、兵庫、和歌山、山口、徳島、愛媛である。

4　原爆

「ここに死す」地面に刻む
——意識不明のまま終戦を迎えた坪井《つぼい》直《すなお》さん

（一九二五年五月五日生。広島県広島市）

気が付いた時、戦争は終わっていた。大学生だった私が被爆し、広島県呉市の実家で意識を取り戻したのは一九四五年九月二五日。終戦から四一日後だった。

八月六日午前八時すぎ、広島市役所そばの食堂で朝の定食を食べ終えると、下級生から「先輩、もう一度一緒に食べませんか？　食券なら何とかします」と誘われた。心が揺れたが、食堂で働くかわいい娘さんに「いやしい人と思われたくない」と思い、断って荷物を取りに下宿へ向かった。この時食堂にいた人はみな亡くなったと聞いた。

歩いていると上空から「シュルシュル」と音がし、辺りがぱーっと光って銀白色になったかと思うと強烈な爆風で飛ばされ意識を失った。

気が付くと周りの家はつぶれ、服の肘と膝から下が爆風でなくなり、両手足は黒焦げになっていた。腰や腕からは血が流れていた。治療所があると聞いた御幸橋まで、いつもなら五分の距離をけがのため一時間以上かけて歩いた。治療所はなく、力尽きた私は小石で地面に「坪井ここに死す」と記した。せめて自分が生きた証しを残したいと考えての行動だった。

軽トラックで警防団が来て、私も含め戦争に役立つ若い男性だけを救助していった。六歳くらいの少女が荷台によじ登ろうとするのを警防団が無理やり追い払った。私には「助けてやれ」と反発する気力も残っていなかった。少女は泣きながら炎の燃えさかる町の中に走って消えた。幼い子一人で助かったはずがない。今でもあの時の少女が夢に出てうなされる。

治療所のあった広島湾の似島《にのしま》に運ばれ、奇跡的に見つけてくれた母らの助けで実家に移動したが、その後の記憶がない。

戦後は中学教師になり生徒へ被爆体験を語ってきたが、二〇年以上米国への憎しみが消えることはなかった。今でも当時の大統領ら権力者たちには思うものがある。

私はこれまで何度も原爆が原因と思われる病気で死にかけたが、そのたびに死のふちから戻ってきた。今では「化け物」とからかわれるほどだ。大切な命を奪う戦争は許せないということを「ネバーギブアップ」の気持ちでこれからも訴えていきたい。（記者・江浜丈裕）

▼坪井さんは、広島県呉市生まれ。広島県原爆被害者団体協議会理事長。爆心地から約一キロ地点で被爆。二〇一一年谷本清平和賞受賞。二〇一六年五月、現職の米大統領として初めて広島を訪れたバラク・オバマ氏と被爆者を代表して対面した。

「殺して」苦しかった治療

――焼けた背中の写真が世界を巡った谷口稜曄《たにぐちすみてる》さん

（一九二九年一月二六日生。長崎県長崎市）

一九四五年の八月九日、一六歳のとき、郵便配達中に原爆に遭った。爆心地から一・八キロの地点だった。背中一面と左腕を高温の熱線で焼かれ、爆風で自転車ごと吹き飛ばされた。服はなくなり、皮膚がべっとりとはがれていた。「このまま死ぬ」と思うと同時に「死んではいけない」と自分を励ました。なぜか痛みはなかった。

病院は当初、カルテも作れないほど混乱していた。入院生活は三年七カ月に及んだ。うち一年九カ月はベッドにうつぶせのままの状態で、生死をさまよった。床ずれで胸の肉が腐って流れてしまい、肋骨が心臓と肺を圧迫した。

輸血用の血液が入っていかず、栄養をつけるために、一斗缶にいっぱいの牛の肝を食べさせられたこともあった。痛みのあまり「殺してくれ」と毎日叫んでいた。誰も私が生き延びるとは思っていなかった。先生や看護婦さんたちが「今日も生きている」とささやく声が聞こえていた。

退院後、同じ病院に入院していた被爆者に誘われて、核廃絶運動を始めた。一九七〇年、入院中に米軍が撮影していた自分の焼けただれた赤い背中の写真が世に出た。反響は大きく、世界中から記者が話を聞きにやって来た。以降、何度も海を渡り被爆体験を語ってきた。

今も胸が圧迫されており、普通の人みたいに呼吸ができないし、大声も出せない。背中には皮下脂肪も汗腺もないので、夏は暑く、冬は寒い。残った「瘢痕《はんこん》」という薄い膜が、今でも時々、ズキズキと痛んでね。乾燥すると裂けるので、気休めみたいなものだが、今年（二〇一六年）亡くなった妻に長い間、一～二日おきに薬を塗ってもらっていた。背中から石のような大小の塊が出てきたため、腕や顔と合わせて二〇回以上手術をした。

原爆は私に苦しみしかもたらさなかった。困難な人生だったが、結婚して家族を持てたことが喜びだった。被爆者に対する差別があり、簡単にできることではなかった。

八〇歳を超えたが、被爆者団体の事務所にできるだけ出勤してきた。二〇一五年四月には国際会議に合わせて訪米し、核兵器廃絶を訴えた。体調は良くないが、再び被爆者をつくらないために、やらなければならないと考えたからだ。（記者・宇佐見悠）

▼谷口さんは、福岡県生まれ。母親の実家がある長崎市で被爆。長崎原爆被災者協議会の理事などを歴任し、二〇〇六年から会長。

死の恐怖や差別を逃れて

——北米で被爆証言を続ける山下泰昭《やましたやすあき》さん

（一九三九年四月一二日生。メキシコ中部）

被爆者につきまとう死の恐怖や差別から逃れようと、二九歳の時にメキシコに渡った。原爆のことが語られなくなり、忘れ去られれば、またどこかで核兵器が使われる。それが怖くて、二〇年前からメキシコや米国で被爆証言を続けている。

被爆は六歳のとき。米軍機の飛来で、長崎市の自宅の床下に母と避難しようとした瞬間だった。ものすごい光の後、爆音に襲われ、窓も戸も天井もなくなっていた。

翌日から連日、犠牲者の遺体に接する作業に従事した父は、一カ月ぐらいたった朝に起きられず、半身まひを訴えた。その日のうちに昏睡状態になり、そのまま約一〇年後に脳出血で死亡した。

生活は苦しかったが、二番目の姉が中学卒業後に県庁に勤めて大黒柱となり、結婚を遅らせてまで私を高校に行かせてくれた。卒業後、私は原因不明の貧血症に襲われ、就職しては体調を崩して辞めることを三年ほど繰り返した。

二〇歳のころ、庶務などの仕事をしていた長崎原爆病院で、同じ年頃の被爆者の体中に突然斑点が出て、翌日死亡した。自分もいつかああなるかもしれないと、被爆者であることを強烈に意識した。これまで見聞きした差別や偏見にさらされることが恐ろしく、日本を抜け出して誰も知らない土地に行きたかった。

以前からメキシコに興味があり、スペイン語を習って、一九六八年にメキシコ五輪関連の仕事を得て、片道切符で海を渡った。その後、現地でできた友人に助けられながら、日系企業などで通訳や翻訳の仕事をして暮らした。

一九九五年に「被爆体験を聞かせてほしい」とメキシコの大学生から突然電話がかかってきた。断ったが、フランスの核実験で問題意識が高まっていた時期でもあり「どうしても」と懇願された。五六歳で初めて口を開いたけれど、学生の真剣に聞き入る姿を見て気持ちが楽になった。話すことは必要なんだと気が付いた。

　いまも学生を中心に体験を伝えている。聞いた人が一人でも友人や家族に伝えてくれれば、必ず誰かが覚えていてくれるはずだ。それが核のない世界につながる。語ることで私も癒やされながら、そう期待している。（記者・黒崎宮子）

▼山下さんは、長崎市生まれ。一九六八年にメキシコに渡った。中部サンミゲルデアジェンデ在住で、被爆証言を中心に活動している。

守れなかった母と妹

——孤児として戦後を生きた岩佐《いわさ》幹三《みきそう》さん

（一九二九年一月二八日生。千葉県船橋市）

一六歳の自称・軍国少年だった僕はあのころ、兵隊になって死ぬことばかりを考えていた。一九四五年五月に父親を病気で亡くし、戸主となった。自分が死ぬことで、母と妹を守りたいと思っていた。怖さを知らない「ロボット」だった。

　八月六日朝は晴天で、せみ時雨《しぐれ》を聞きながら「今日は暑くなるな」と思った。広島市の爆心地から一・二キロの自宅の庭にいたら後頭部をバットで殴られたような衝撃を受け、地面にたたきつけられた。

　目の前の暗がりを、黒いほこりが上っていった。だんだん明るくなってきた。家がつぶれ、街が消えていた。がれきと材木以外は何もない。立ち上がると、あちこちに火の手が上がっていた。

　これは夢だ、と思い頬をつねると痛みが走った。それまで音のなかった世界に「母さん」と初めての声を上げた。

　「ここよ」。家があった場所のがれきの下から母が答えた。屋根瓦をどけると、わずかな隙間から、あおむけに横たわる母の横顔が見えた。

　つむったままの目の横から血が流れていた。でも、崩れた梁《はり》がどうしても動かず、それ以上は近づけなかった。一メートルほど先にいるのに。

炎がすごい勢いで迫ってきた。「助けて」。呼び掛けた人は、みんな逃げていった。僕は「駄目だ。街中がやられている」と悲鳴を上げた。

「早う逃げんさい」。母は言った。「僕も米国の軍艦に体当たりして後から行くからね」。やがてお経を唱える母の声が聞こえてきた。

翌日、離れた叔母の家に行った。顔を見た途端「母さんを殺しちゃったよ」と話して号泣した。一二歳の女学生で、勤労動員されていた妹はそこにいなかった。

「お兄ちゃんのお嫁さんになりたい」。小学生の時、そう言っていたかわいい妹を捜し歩いたが、出会えなかった。数日後に母の遺体を見つけ、焼け残った木を集めて荼毘《だび》に付した。二人を守れなかった僕は生き残り、ぐちゃぐちゃの心を抱えた原爆孤児となった。

何度も破壊された街を夢に見た。七年前、夢の中で初めて声を上げて叫んだ。「今度こそ母さんを助けるぞ」と。そこで目が覚めた。（記者・宮城良平）

▼岩佐さんは、福岡市生まれ。日本原水爆被害者団体協議会代表委員。「ノーモア・ヒバクシャ記憶遺産を継承する会」代表理事。

姉の死、今もトラウマ

――当時の写真調査を続ける深堀好敏《ふかほりよしとし》さん

（一九二九年二月六日生。長崎県長崎市）

長崎への原爆投下翌日の一九四五年八月一〇日、二つ年上の姉千鶴子が、身を寄せていた爆心地に近い浦上地区の親戚宅で家の梁を抱きかかえるように亡くなっているのを見つけた。がれきの下からはい出してきた痕跡から、即死でないと分かった。どうしてすぐに来てやれなかったのか。今も心にトラウマとして残っている。

学徒報国隊の動員先だった県疎開事務所で被爆し

た。爆心地から約三・五キロ。その日のうちに自宅や親戚宅がある浦上地区に帰ろうとした。しかし、手前の山から下りてくるけがをした人たちに惨状を聞いて断念した。「水が欲しい」とすがる女性の腕をふりほどこうとすると、皮がズルッとむけてびっくりした。

翌朝、帰る途中で長崎駅まで来たとき、爆弾が落ちたのはここだと思った。実際の爆心地だった北の方を見ると遠くまで何もない。街が消えてなくなっていた。姉が死亡していた親戚宅は爆風で押しつぶされていた。

川ではたくさんの人が折り重なって亡くなっていた。爆心地付近では全ての人間や動物は水分が瞬間的に蒸発して炭化し、黒い状態で死んでいた。しかし、防空壕にいた友人のおばあちゃんと一〇歳の少女は生きていた。

被爆から三日後、母が「千鶴子を火葬したい」と言ったので再び親戚宅まで行った。廃材を井桁に組んでその上に姉の遺体を乗せて火を付けた。母は少し離れた場所で地面を見つめたまま、顔を上げることはなかった。熱とにおいが強かったが「きれいなお骨にしたい」と一生懸命に焼いた。

戦後は長崎市で病院の事務職員をしながら修学旅行生らに被爆体験を語り、一九七九年からは原爆関連の写真の収集と調査を始めた。亡くなった人たちのために、被爆の実相を伝える写真を一枚でも多く残したい。被爆者は高齢化し「原爆は遠くなりにけり」という時代はすぐそこまで来ている。

東京電力福島第一原発事故では、一変した被災地の風景にがくぜんとした。私たちは長崎市の爆心地近くに住み続けたが、これからは一人一人が放射能に対する正しい知識を持って行動することが重要だ。被爆者は「核は人間と共存できない」と思っている。

（記者・長沢潤一郎）

▼深堀さんは、長崎市出身。「長崎平和推進協会」の写真資料調査部会長。一九七九年に被爆者六人で前身組織を発足させた。

誰か分からぬ骨に手合わせ

——弟の遺体が見つけられなかった山崎隆《やまさきたかし》さん

（一九三二年二月八日生。奈良県奈良市）

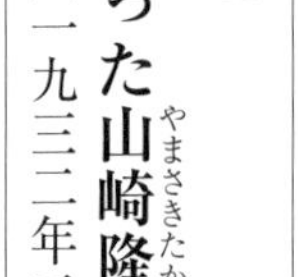

広島市の比治山公園の東が僕の家。中学二年だった。爆心地から約四キロの工場に学徒動員で行かされ、屋内で朝礼をしていたら、ぐらぐらぐらーっと衝撃があって真っ暗に。光は感じなかったな。丘から「原子雲」が見える。「おかしい。すぐ帰りなさい」となった。

　途中にお年寄りや、赤ちゃんを抱き、夏の薄着がボロボロになった若いお母さんがいた。家に着いても誰も帰ってけえへん。避難先に決めていた農家に自転車で行き、弟妹を連れた母と会えた。

　すぐ下の弟、小学五年の芳男だけが帰らない。次の日から捜しに行った。峠の坂道にはずーっと被爆者がうずくまり、目がつぶれて膨れあがり、骨が突き出た遺体や、顔だけ焼け残った人も。毎日毎日、比治山や、辺りを歩き回った。一週間も捜したかな。弟は結局、見つからなかった。段原国民学校の教室で誰のものか分からん骨を拾い、弟の骨と思い、手を合わせてきたんです。

　二〇〇九年に新聞に出た教頭先生の手記で、弟は生きたまま火が付いて死んだと分かった。若い人たちが子どもらをがれきから引き出そうとしたが、火が回り、教頭先生は「残念ですが手を合わせましょう」と……。弟を目の前で見たという人も家族に連絡をくれた。

　時々、夜中にその状況をふっと思い、胸をえぐられる。即死だったと思い、気を休めていたのに。今更知りたくなかった、とも思う。

　日米開戦の時もよく覚えている。上級生だけ校庭に集められ、校長先生が「やつらは右往左往だ」と大はしゃぎ。「敵機何機撃墜、わが軍の損害なし」。ようラジオ放送も聴いたわ。でたらめばっかりを、すごいすごいと皆で喜んでいた。

　中学生が鉄砲を分解して掃除して組み立てる。一人が失敗すると全員が殴られるから殴られ方も勉強した。編み上げ靴履いてゲートル巻いて、近所のおばさんに「かわいい兵隊さん、行ってらっしゃい」って。全部普通のことだと思っていた。

数年前から年に数回、語り部をしている。難しい言葉もよう知らんし、うまく話せんから、スペインの音楽家カザルスの「鳥の歌」を演奏することもある。平和を願う曲だから。（記者・鮎川佳苗）

▼山崎さんは、広島市生まれ。戦後チェロを学び、NHK広島放送局の管弦楽団や大阪フィルハーモニー交響楽団で奏者を務めた。

亡くなった人の分まで

――被爆体験を一万回超語り続ける下平作江《しもひらさくえ》さん

（一九三五年一月一日生。長崎県長崎市）

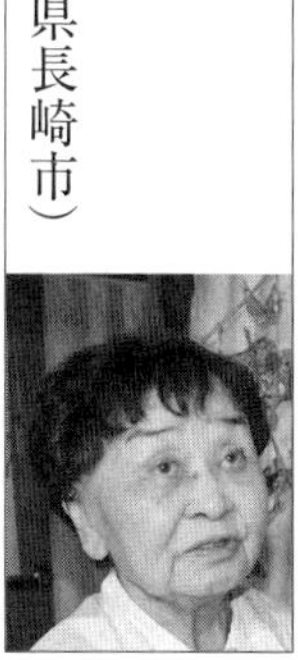

物心ついた時には戦争が始まっていた。中国の旧満州で生まれ、三歳の時に満鉄（南満州鉄道）に勤めていた父が亡くなった。母は現地に残り、二つ下の妹と五歳で長崎市の親戚宅に娘として引き取られた。

一〇歳だった一九四五年八月九日、空襲警報の音で目を覚まし、一歳のおいを背負い、妹と爆心地から約八〇〇メートルの防空壕に避難した。数時間後、警報は解除され、周りの子どもたちが壕から飛び出した。一緒に出ようとしたが、妹が袖を引っ張った。兄から広島で警報の解除後に新型爆弾が落ちたと聞き、出ないよう言われたからだ。

暗闇に戻ると、辺りがピカッと光り、爆風で岩にたたきつけられた。意識が戻ると、壕は腹が裂けて内臓が出た人、眼球が飛び出た人、やけどで体が膨れ上がった人たちであふれていた。「水をくれろー」「殺してくれろー」。うめき声に体が硬直し「母ちゃん助けて」と叫ぶしかなかった。

母と姉は爆死。兄は全身血だらけの姿で「死にたくない」と叫んで息絶えた。白骨が散乱する焼け野原に建てたバラックに住み、米兵の残飯や草で飢えをしのいだ。病院に通えず、妹の腹にうじが湧いた。肉を食うクチュクチュという音がして、丸々太ったうじが足元に落ちた。妹は汚いといじめを受け続け、一六歳で列車に飛び込み自殺した。

学校側の厚意で学費を免除され、高校と短大を卒業。結婚後、知人に頼まれて嫌々、修学旅行で長崎を訪れた中学生に体験を語った。「聞いてやる」と反抗的だった生徒たちが、一緒に涙をぽろぽろ流して聞いてくれた。自分たちの恵まれた環境に気付いたのか、生活態度を改め受験勉強を始めた。評判が広がって依頼は増え、語り部活動は一万回を超えた。

原爆症という「えたいの知れない病気」に苦しみ、治療費が払えなくても被爆者が病院に通えるよう国に支援を求めて署名集めやデモを続けた。安心して通院できるようになったのは被爆から一二年後。長崎原爆遺族会会長を務め、米国などでも核廃絶を訴えてきた。

八〇歳になり、体は言うことをきかなくなった。でも語り部を諦めたくない。何も言えず亡くなった人の分まで伝える責務があると思う。（記者・井出まり子）

▼下平さんは、一九八一年の平和祈念式典で被爆者を代表し「平和への誓い」を朗読。九五年から一四年間、長崎原爆遺族会会長を務めた。

共同通信「戦争証言」取材班

代表
阿部拓朗(あべ・たくろう)
1971 年生まれ．1995 年，共同通信社入社．大分支局，那覇支局，福岡編集部，社会部，名古屋編集部を経て，現在，本社社会部勤務．

日向一宇(ひなた・かずたか)
1972 年生まれ．1995 年，共同通信社入社．松江支局，宇都宮支局，山陽新聞出向，社会部，大阪社会部を経て，現在，本社社会部勤務．

語り遺す 戦場のリアル　　岩波ブックレット 954

2016 年 7 月 5 日　第 1 刷発行

編　者　共同通信「戦争証言」取材班《きょうどうつうしんせんそうしょうげんしゅざいはん》

発行者　岡本 厚

発行所　株式会社 岩波書店
〒101-8002 東京都千代田区一ツ橋 2-5-5
電話案内 03-5210-4000　営業部 03-5210-4111
ブックレット編集部 03-5210-4069
http://www.iwanami.co.jp/hensyu/booklet/

印刷・製本　法令印刷　装丁　副田高行　表紙イラスト　藤原ヒロコ

ISBN 978-4-00-270954-3　　Printed in Japan

読者の皆さまへ

岩波ブックレットは，タイトル文字や本の背の色で，ジャンルをわけています．

赤系＝子ども，教育など
青系＝医療，福祉，法律など
緑系＝戦争と平和，環境など
紫系＝生き方，エッセイなど
茶系＝政治，経済，歴史など

これからも岩波ブックレットは，時代のトピックを迅速に取り上げ，くわしく，わかりやすく，発信していきます．